POSSE叢書
004

なぜオフィスでラブなのか

西口想［著］

まえがき

「オフィスラブ」という言葉には、人を脱力させる不思議な力がある。

そのパワーを確かめる方法は簡単だ。いま、この場で声に出して「オフィスラブ」と言ってみるだけでいい。どんなに小声でも大丈夫。恥ずかしがらないで。はい、どうぞ。

オフィスラブ

……お分かりいただけただろうか。

「オフィスラブ」と発声したとたん、全身から力が抜け、周囲に靄がかかり、理性が脱臼するようなこの感じ。声に出した人は皆ただ半笑いになるしかない呪文のような言葉、それが「オフィスラブ」である。

その魔力ゆえか、たんに職場恋愛や社内恋愛を意味する「オフィスラブ」という言葉、「オフィスラブ」という現象自体が、悲しいかな、長らくまじめな考察対象とはされてこなかった。ネット検索をかけても、成人向けコミックスやノベルス、あるいは性風俗店がヒットするだけだ。

しかし、これはちょっと奇異な状況ではないだろうか。なぜなら、私たちの人生にとって「オフィスラブ」は、周縁的な現象でも、単なる性的嗜好でもないからだ。それどころか、誰もが直接・間接に経験しうる超メジャーな出来事であり、人によっては人生の一大イベントとなる。

本書の目的は、日本語で書かれた小説を題材にして、これまでなぜか正面からは語られてこなかった「オフィスラブ」という出来事について考えることにある。先に書いておくが、私は考察を進めながら「オフィスラブ」の力に何度も心を折られそうになる。オフィスラブは、自らの存在を容易に語らせまいとする強い呪術に支配されたフィールドだ。なぜオフィスラブはこれほどまでに語りにくいのか。本書ではその謎にも迫っている。

なお、書かれた時代背景やオフィスラブという舞台設定から、取り上げた小説は異性愛を描く作品が中心になったが、オフィスラブの物語におけるジェンダーやセクシュアリティの多様性は今後少しずつ広がっていくだろう。

「オフィスラブ」は、「職場恋愛」という日本語をそのままカタカナ語にした、いわゆる和製英語である。

アメリカ映画などでは“workplace romance”や“romance in the workplace”といった表現

を耳にするので、それが現代英語の一般的な言い方なのだろう。

「オフィスラブ」という言葉が日本でいつから使われるようになったのか、正確には分からない。国立国会図書館で検索すると、雑誌上で「オフィスラブ」という言葉が使われ始めたのは一九七〇年代のようだ。最も早い登場が主婦向け雑誌の『婦人倶楽部』(講談社)であるのはやや意外な感じがするが、一九七四年五月号の記事「夫の職場恋愛トラブル解決実例集」のリード文はこう問題提起をしている。

「ますます増えていく夫とOLとのオフィスラブ/それを知ったとき、妻はどうすればよいのか…」

同記事は「妻であるあなたより長い時間を夫とともにすごすOLとの間に、何かが起こったとしても不思議ではないかも知れません」と陰鬱な面持ちで語りかけてから、「妻の知恵で上手に別れさせた場合」から「離婚にいたってしまった場合」まで様々なケーススタディを掲載している。小説家やミュージシャンのデビュー作にはそのアーティストのすべてが詰まっていると言われるが、「オフィスラブ」という言葉の登場にも同じことが言えるのかもしれない。すでにのっぴきならない重たいオーラをまとっている。

一方、「オフィスラブ」の原語である「職場恋愛」の登場はもっと早く、六〇年代前半には週刊誌上で踊っていた。一九六二年一二月の『週刊平凡』(平凡出版)の記事の見出しは、

「誌上コーチ／職場恋愛は成立しにくいと言われているが……あきらめるのは早過ぎます／職場の男性はBG三年生を求めている！」である。のちに紹介するように「BG」は「OL」の昔の言い方。『週刊平凡』の記事には、職場恋愛を成功に導くアドバイスとともに、本名・勤務先企業名が明かされた実例がいくつも紹介されている。『婦人倶楽部』とは対照的にあっけらかんと明るい。

一般書籍では、一九五五年に出版された『恋愛実技』にすでに「職場恋愛」の章がある。この恋愛指南書から当時の状況が分かる一節を引いてみよう。

職場恋愛とか職場結婚とかいうことが話題となり、事実そういうことがザラにおこなわれるようになったのは、むろん戦後のことである。ひと昔前までは、同じ職場に働く何君が誰嬢に恋をしているというウワサが、上役の耳にでも入れば、それだけでクビの理由にされ、もしも職場で知り合った相手と結婚したければ、あらかじめ片割れのひとりが、円満に職場をしりぞくという条件で、やっとみとめられるという状態だった。……ところが、ちかごろは、一般社会の恋愛に対する考え方が変ってきたと同時に、職場の恋愛に対する周囲の態度も、いきおい寛大なものにならざるを得なくなり、職場恋愛は、今や大手をふってまかり通る時代となったのである。

（原奎一郎『恋愛実技』コバルト新書・鱒書房、一三四頁）

一九四五年の敗戦からわずか一〇年のうちに、それまで禁忌に近かったはずの職場恋愛は「大手をふってまかり通る」ようになったという。戦後復興から高度経済成長にいたる激動の時代、「職場」と「恋愛」にはどんなドラスティックな変化があったのだろう。

思えば、「オフィス」も「ラブ」もそれぞれ明治以降に日本に輸入された言葉であり、海の向こうからやってきた「近代化」を象徴する概念である。

「恋愛《ラブ》」が日本に輸入された際、北村透谷や夏目漱石など当時の知識人が、日本の「色」「恋」とは異なる西洋近代の概念の翻訳に苦心したというエピソードはわりと知られている。

そして「職場《オフィス》」も近代化と関係が深い言葉だ。「office」はもともと、仕事や作品を意味する「opus」というラテン語から派生した、「仕事をする場所」といった広い意味を持つ言葉だった。机に座って事務仕事をする「事務所」という意味で「office」が使われるようになったのは産業革命以降のことだと言われている。蒸気機関の普及によって工場（生産現場）が大規模化し、それにともなって生産現場や家屋と一体だった事務管理部門も空間として独立する必要が生じた。その新しい空間が「office」と呼ばれるようになる。外来語として日本に入ってきたはじめから、「オフィス」は近代的な事務労働の場所を意味した。

もしかすると「職場恋愛《オフィスラブ》」という言葉に私たちが感じる何ともいえない感情の源には、百年余りの急速な近代化と西洋化の過程でたまってきた私たちのモヤモヤ、感情の澱《おり》のようなものがあるのかもしれない。

本書のもとになったウェブ連載のために、私は約一年半にわたって各時代の小説を漁りながらオフィスラブについて考え、調べ、経験談を収集してまわった。連載を続けるうち、自然と周囲からオフィスラブの報告や相談が寄せられるようになり、気づけば「オフィスラブの専門家」になりかけている。

この本では、オフィスラブにまつわる恋愛相談は取り上げていないが、オフィスラブがなぜこれほど厄介で悩ましいのかを様々な角度から考えている。その意味で、オフィスラブ対策の「参考書」としても使ってもらえると自負している。

現在オフィスラブに悩んでいる人、かつてオフィスラブに悶えたことがある人、オフィスラブという現象に関心がある人、あるいはオフィスラブを心底嫌悪している人。それぞれ固有の経験をもつ読者にとって、本書の言葉が考えるためのヒントになれば、とても嬉しい。

なぜ
オフィスなのか?

よしもとばなな

『白河夜船』

福武書店、1989年/新潮文庫、2002年

「君さっき、いつもの君を早回ししていたようだったよ。どうしていつもあんなふうに働かないの。」

と彼はたずねた。受けをねらっていろいろな答えを考えたけれど、結局、

「バイトだから。」

という言葉しか出てこなかった。

「よく、わかった。」

と言って彼はまたしばらくくすくす笑った。その低い声が私語をしゃべる時の清潔な響きや、きちんとした動作のまとまりに私は驚き続けていた。今まで、彼のことなんか気をつけて見ていたことがなかったのだ。それから、左手にある指輪にも気づいていた。でもそのことには触れずにお茶を飲んだ。彼が結婚していることに、本当はとてもがっかりしていた。

（吉本ばなな『白河夜船』新潮文庫、七五頁）

「白河夜船《しらかわよふね》」は諺《ことわざ》で、①知ったかぶりをすること、②何が起きても気づかないほどぐっすり眠っていること、という二つの意味をもつ。辞書によれば由来は、「京都を見てきたふりをする者が、京の白河のことを聞かれて、川の名だと思い、夜、船で通ったから知らないと答えたという話による」（大辞泉）。

主人公の寺子は、「就職した小さな会社があまりにも忙しく、ちっとも彼と逢《あ》う時間がと

れなくなったので」、きっぱりと仕事を辞める。彼女は少しの貯金と、恋人の岩永が毎月振り込んでくれる「びっくりするほどの額」のお金で暮らしている。

恋人の岩永は妻帯者だ。岩永の妻は車の事故で植物人間になっていて、寺子はその事実を伝えられているが、どこかで「私たちの恋は現実ではない」と思っている。

無職で一人暮らしの寺子は昼夜を問わず眠る。高級〝添い寝〟嬢をしていた親友のしおりが自死してしまったあと、寺子の眠りはどんどん深く長くなった。唯一、彼女を眠りから呼び戻していた恋人からの電話のベルの音にも次第に気づけなくなる。寺子は昏々と眠り続ける。

短編小説「白河夜船」は、寺子が昼と夜、生と死、現《うつつ》と夢の世界の境界を往き来しながら、「この世にあるすべての眠りが、等しく安らかでありますように」という祈りに至る、切なく繊細な物語だ。

引用部分は、寺子がアルバイト先の社員・岩永にはじめて惹かれる場面。寺子は有能であることがばれないよう三分の一の力で雑務バイトをこなしていたが、日曜出勤したときにふとこのままバカになってしまうかもしれないと不安になる。そこで、オフィスに人がいないのを見計らって全力で事務処理をしていたところ、出社していた岩永に見られる。顔見知りだった二人が、休日のオフィスで新しく出会い直す。

これから「オフィスラブ」＝職場恋愛という視点から、日本語で書かれた現代の小説を読み、紹介していく。なぜ「オフィスラブ」なのか、あなたは気になったかもしれない。当然だと思う。私も書いてみてすでに気恥ずかしい。その疑問や気恥ずかしさに向けて少しずつ投げ返す形で話を進めたい。

小説でのオフィスラブの描かれ方を読み、オフィスラブについて考えることは、私たちの社会の「仕事」「恋愛」「結婚」という三者の関係について考えることになるだろう。とりもなおさず、オフィスラブはこの三者が交差する一点であり、そこに私の関心もある。

確認するまでもなく、オフィスは仕事をするパブリックな場所であり、恋愛はプライベート領域に属する。本来区別されるべき両者が混じり合ってしまうのだから、「公私混同」と書いて「オフィスラブ」とルビをふれると言っても過言ではない。それが職場の秩序を乱すきっかけとなることは、組織で働いたことのある人なら誰もが了解できるだろう。それゆえ、職場内の恋愛は結婚が決まるまでは隠されることも多い。

では、オフィスラブは職場で忌避されているのだろうか。

否、日本はまちがいなく職場恋愛が盛んな国である。その傾向の一端は統計にもあらわれている。

二〇一五年の「第15回出生動向基本調査」(国立社会保障・人口問題研究所)に、初婚同士の夫婦が出会ったきっかけを聞いたデータがある。その回答では、「職場や仕事で」が実に二八・一%を占め、「友人・兄弟姉妹を通じて」(三〇・九%)に次ぐ堂々の二位である。「アルバイトで」(三・七%)を足せば、結婚したカップルの三組に一組は職場・仕事の関係を利用して結婚相手を見つけていることになる。

同調査には一九八二年から同様の設問があり、結婚したカップルの出会いのきっかけの推移を見ることができる。一九八二年時点で三割近くあった「見合い結婚」(「見合いで」と「結婚相談所で」)は、八〇~九〇年代にかけて大きく落ち込み、二〇一五年には六・五%となっている。対して、「恋愛結婚」は二〇一五年時点で八六・七%を占める。この「恋愛結婚」というカテゴリーには「学校で」「職場や仕事で」「友人・兄弟姉妹を通じて」など計七項目にわたる様々な出会いが入るが、そのなかで「職場や仕事で」という出会いは三〇年以上一定して三割前後を占めている(図)。

考えてみれば、私の両親も一九七〇年代後半に職場で出会って交際し、半年後に結婚した。幼なじみKの両親も職場結婚だという。いまアラサーからアラフォー世代にあたる私たちは、七〇~八〇年代に出会いの主流となったオフィスラブによってこの世に生を受けた、いわば「オフィスラブ時代の子ども」なのである。

図｜夫婦が出会ったきっかけの推移（%）

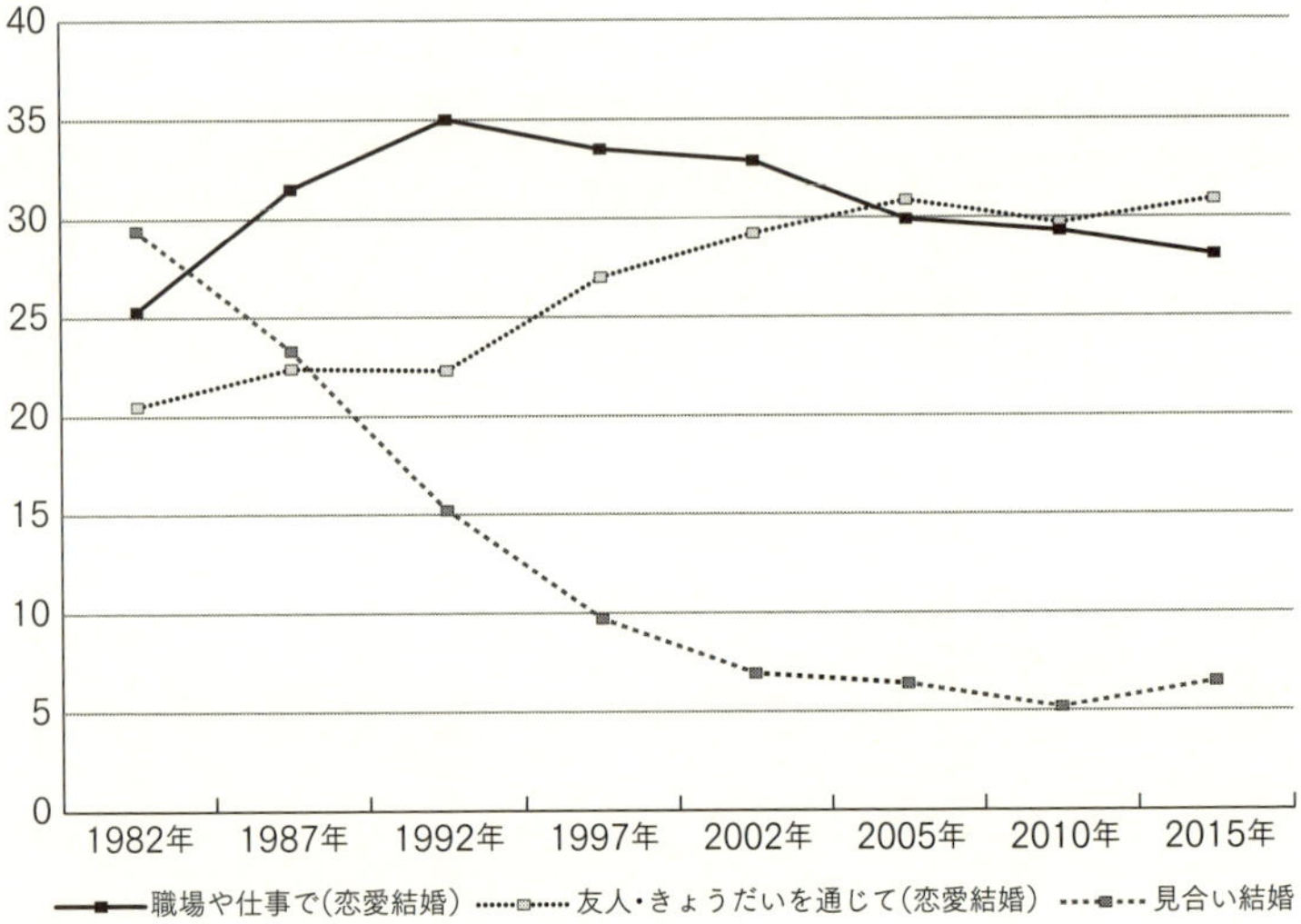

注：対象は各調査時点より過去５年間に結婚した初婚どうしの夫婦。
「第15回出生動向基本調査 結果の概要」（国立社会保障・人口問題研究所）より著者作成

日本で「見合い結婚」と「恋愛結婚」の比率が逆転したのは一九六〇年代だと言われている（注1）。「恋愛結婚」が主流になった一九六〇年代から七〇年代にかけ、「見合い結婚」の中身が変わってきたとの研究もある（注2）。その頃、従来多かった親族による紹介から「非親族型」へ移り変わり、特に都市部では職場関係の友人・知人が紹介者になることが増えたという。

おそらく現在でも「見合い」をする上で鍵となるのが（主に男性側の）経済的な保障であることに大きな変化はないはずだ。お見合いをする時点での資産や収入だけでなく、将来にわたる長期的な見通しを含んだ経済保障である。それゆえ、当人や親・紹介者にとって、職種・勤務先・学歴などが最も重要な情報となる。

そういう意味でも、「見合い」の紹介者の属性の変化が戦後の高度経済成長期と重なっているのは興味深い。ちょうどその時期に、家族を将来的に十分養っていけるかどうかを保障する主体が「家」から「勤務先」へとシフトしたのであろう。この経済保障の重要性は、「恋愛結婚」においても同様だ。日本にオフィスラブが根づいている背景の一つには、急激な高度経済成長と産業構造の変化を経て現在へと続く、シビアな生存・結婚戦略があるのである。

国際比較でみても、日本では「職縁型」の出会いの比率が他国を大きく上回っている(表)。

「白河夜船」の話からどんどんずれてきてしまった。ついでに、私が友人の結婚披露宴に出るときに感じる可笑しさについても書いておきたい。

たいてい乾杯の前後にプログラムされる、新郎・新婦の上司のスピーチ。夫婦がともに伝統ある企業の社員の場合、こ

注1
岩澤美帆・三田房美「職縁結婚の盛衰と未婚化の進展」(『日本労働研究雑誌』五三五号・二〇〇五年)

注2
今泉洋子・金子隆一「配偶者選択の現状:「結婚に関する人口学的調査」の結果から」(『人口問題研究』一七三号・一九八五年)

んな場面を見たことはないだろうか。

上司のスピーチは「○○くんが普段どのような仕事をしているか」で始まり、業界の特徴、厳しい情勢、懸命な働きぶり、有能さ、誠実な人柄、社内での信頼と期待、云々……と続く。すると新郎の上司の次に、新婦の上司も同じトーンでこの「部下プレゼン」をやり始める。彼女も高学歴のバリキャリ女子だから当然だ。すると、めでたい披露宴の席はとたんに「弊社の有望な社員」を提案する競争入札のような様相を帯びる。

(何のバトルなんだ……)。気付くと私はテーブルを囲んでいる友人に「失礼だから笑うな」と表情で咎められている。

こういうとき、上司は「披露宴での上司」としての与えられた役割を全うしているだけだ。

表｜結婚・同棲相手との出会いの機会の国際比較（％）

25–39歳 女性	生活圏型 (学校・サークル・幼なじみ等)	職縁型 (職場や仕事の関係)	紹介型 (親族や友人等の紹介)
日　本	15.7	**32.7**	23.7
韓　国	16.1	25.1	31.8
アメリカ	38.5	11.8	22.3
フランス	28.1	8.5	24.5
スウェーデン	29.2	10.3	20.4

25–39歳 男性	生活圏型 (学校・サークル・幼なじみ等)	職縁型 (職場や仕事の関係)	紹介型 (親族や友人等の紹介)
日　本	13.0	**24.1**	17.9
韓　国	8.4	17.2	22.6
アメリカ	32.4	12.0	20.7
フランス	21.2	6.8	20.6
スウェーデン	23.6	10.8	20.4

平成17年度「少子化社会に関する国際意識調査報告書」（内閣府）より著者作成

つまり、会社を代表して、結婚する社員の経済保障を列席者に説明すること。しかし、これは女性が結婚後に仕事を辞めるのが当然とされた時代の「型」なのではないか。私にとってはこれも「仕事」「恋愛」「結婚」が交差し絡まってねじれた場面の一つだ。

オフィスラブはその時代のジェンダー規範から大きく影響を受ける。「女性社員のお茶くみ」が象徴してきたようなジェンダーロールは、いまだに私たちの労働環境や職場における人権を左右する要素であり続けている。

女性が結婚退職を前提に「職場の花」として採用された時代。均等法が施行され一般職と総合職に採用区分が分かれた時代。そして一般職の派遣・非正規化が進められた時代。二〇一八年にいたっても、男女平等度合いを示すジェンダーギャップ指数で日本は一四九国中一一〇位である（世界経済フォーラム「The Global Gender Gap Report 2018」）。「女性活躍」を国策に掲げるこの国では、依然として女性の根本的な働きにくさが改善されず、政策でも実態でも国際社会から大きく遅れている。そんな不平等でいびつな職場が、多くの人にとって出会いと恋愛の舞台になってきた。

吉本ばなな「白河夜船」には、主人公・寺子のこんな語りがある。

疲れれば疲れるほど彼は、現実から遠いところへ私を置くようにしている。はっきりとそう言わないので本人にとって無意識の望みには違いないのだが、私をなるべく働かせず、いつも部屋にいてひっそりと暮らすことを好み、逢う時は街の中で夢の影のように逢う。美しい服を着せて、泣くことも笑うことも淡いものを求める。いや、やはりそれも彼だけのせいではない。彼の心の疲れの暗闇《くらやみ》を写しとった私が、そういうふうにふるまうことを好んでいるのだ。二人の間にはなにか淋《さび》しいものがあって、それを大切に守るように恋をしている。だから、今はいいのだ。今はまだ。

（同三七頁）

親友の死と恋人・岩永の「心の疲れの暗闇」を受け止めすぎて、寺子は眠りの世界から戻れなくなる。精神のバランスを崩したのだ。そんなある日、寝起きで出かけた明け方の公園で、寺子は不思議な佇まいの女子高生に出会う。その女子高生は初対面の寺子に突然こう告げる。今すぐアルバイトを見つけて働け、そうしないとあなたはとり返しのつかないことになる、と。

寺子は女の子の言葉が忘れられず、一週間だけ展示会のコンパニオンのバイトをする。部屋で眠り続けていた彼女にとって久々のアルバイトは「悪夢のようにヘビーだった」。それを必死で終えて、彼女は働くことについてある感触を得る。

働くことなんていつだって大嫌いだし、アルバイトなんてもともとどうでもいいという気持ちには全然、変化はないけれど、そんなことではなくて……なにか、背すじのようなもの、いつでも次のことをはじめられるということ、希望や期待みたいなこと……うまく、言えない。でも、いつの間にか私が投げてしまっていたこと、自分でも気づかずに、しおりも投げてしまっていたことが、きっとそれだった。

（同七〇～七一頁）

寺子はこのあと、少しずつ回復する。働いている日中は眠い心と体をいじめて、恋人のことさえ全く考えない時間を過ごした。すると「おかしなまでの、狂暴な眠けが少しずつ、本当に少しずつ体から引いてゆくのがわかった。足はぱんぱんにむくみ、部屋は汚れ、目の下に隈《くま》ができた」。生死の境界線に片足をかけてしまっていた寺子を生の側に引き戻したのは、これといった動機も目的も意味もない、ちっぽけでくだらない「労働」だったのである。

こうした言葉にしにくいモヤモヤを頭の片隅におきながら、小説が描いてきたオフィスラブを読んでいきたい。私たちは、めまぐるしく変化していくオフィスの時代の恋愛から、多くのことを学ぶことができるはずだ。

祖父母たちの
オフィスラブ伝説

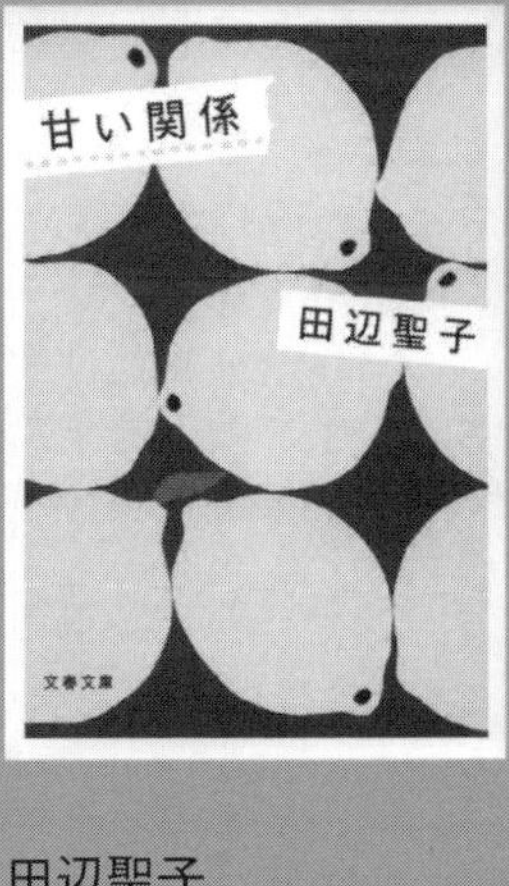

田辺聖子

『甘い関係』

三一書房、1968年／文春文庫、2010年

田辺聖子の長編小説「甘い関係」は、雑誌編集記者の彩子（二三歳）、中小企業の事務員として働く美紀（二九歳）、駆け出しの歌手の町子（二〇歳）という三人のヒロインの仕事と恋愛のドタバタを描く群像劇だ。

彼女たちは大阪市の西はずれにシェアハウスを借りて共同生活をしている。というと、現代を舞台にした話かと思うかもしれないが、「甘い関係」が新聞連載されていたのは一九六七年、半世紀前の大阪が舞台である。

今回は「甘い関係」を読みながら、東京オリンピック（一九六四年）が終わり、大阪万博（一九七〇年）の準備を進めていた頃、日本の高度経済成長期のオフィスラブ模様を見てみたい。

一九六七年当時、男性の大学進学率は約二割、女性は五％（短大が七～八％）程度だった。女性が高校や短大を出て就職することは珍しくなかったが、「甘い関係」の主人公たちのように、実家が大阪近郊にありながら自立するために家を借りるケースは稀だっただろう。未婚女性は結婚するまで実家にいるのが普通とされ、就職や進学のために実家を出なければならないときは社宅や親戚の家に住んでいたからだ。

しかし、女性が働き、おしゃれや夜遊びを楽しみ、自由に恋愛するためには、実家を出て自分で部屋を借りることは必須とも言える。

いまの若い女のサラリーでは、一人で暮らせるほど余裕はないし、部屋もひどい場所しか当らない。しかし二、三人で組むと、ちょっとした部屋にありつけるし、生活も何かと便利になる。「ワリカン独立」とでも、いうべきであろうか。

（田辺聖子『甘い関係』文春文庫、四四〜四五頁）

彼女たちが住んでいるアパートの間取りは、六帖＋三帖＋台所に「いつもよく故障する水洗便所」。三人で暮らすにはかなり窮屈でも、この貴重な「ワリカン独立」を足場に、ヒロインたちは人生を謳歌する自由を手に入れる。「未婚女性は家に属するもの」という考えが主流だった連載当時、この設定がどれほど読者の憧れと反発を集めたか想像できる。

五〇年前のオフィスラブを知るために、ヒロインの一人・松尾美紀に注目したい。小説のなかで彼女の職種は「ＢＧ」と呼ばれている。「ＯＬ」という言葉が生まれる以前、女性の一般事務職は「ビジネス・ガール」の頭文字をとってそう呼ばれていた。

ちなみに、ＢＧがＯＬという言葉に置き換えられたきっかけは、一九六四年の東京オリンピックだと言われている。オリンピック開催を翌年に控えた一九六三年、「ＢＧが英語圏で売春婦を意味する」という噂が広まり、来日する外国人から誤解されては困るということで、まずＮＨＫが放送での使用をやめた。そして週刊誌『女性自身』が誌上公募をして選んだ代替語が「ＯＬ」だったという。

美紀が連載時の一九六七年に二九歳であったとすれば、彼女は一九三八年生まれ。二〇一八年現在生きていれば八〇歳くらいだ。

美紀が働いていた当時の企業社会では、男女の人事コースは公然と区別された。男性事務職員は幹部社員に出世するのが前提で、女性事務員＝BGは結婚退職を前提に採用された時代だ。

濱口桂一郎『働く女子の運命』（文春新書、二〇一五年）によれば、当時の日本企業では、女性事務員の採用時に「結婚したときは自発的に退職する」旨の念書をとったり、あるいは結婚しなくても、女性のみを三〇歳や三五歳で定年とする就業規則が普通に見られたりした。企業側も「結婚前の娘さんを預かる」という意識だったのだ。

そうして「働くこと」の入口でジェンダーの枷《かせ》を嵌《は》められるBGにとって、生存・結婚戦略の一つとして、職場恋愛《オフィスラブ》による結婚相手探しが入ってくるのは必然だった。会社内の女性のほとんどが高卒や短大卒の二〇代前半の未婚女子。そんな偏った職場環境で、美紀は破格のキャラクターを与えられている。

美紀は「婚期」（当時）をすぎた二九歳のベテランBGとして、所内の事務仕事を完璧に把握し、思うまま操っている。さらに給料をコツコツと貯め、副業で事業投資をし、手芸用品店や小さなミルクホール、アパートなどを開業、小まめに事業をひろげて成功している。社内では課長以下多くの従業員にお金を貸しつけているため、誰も彼女に頭が上がらない。さながら女実業家のようなオーラを持ち、どっしりと大柄で声が大きく、酒にも強い。

美紀は彼ばかりでなく、二百人あまりの小さい会社の中の男性すべてに、軽侮に似た感じをもっている。どの男も、あんまりぱっとしないので、若い社員を品定めして、ああだこうだ、といっている朋輩《ほうばい》のBGにも、あわれみに似た軽蔑をいだいているのである。

美紀から見れば、すくないサラリーのためにあくせく働いて、妻子も養いかね、麻雀の賭金につまり、パチンコで時間をつぶす会社の男たちが、何ともなさけない、いじましい存在に見える。

（同七四頁）

軽蔑、という気持だけが、新鮮な迎え水のように、美紀の生きるエネルギーのポンプに活力を与え、新しい生命の水を噴《ふ》き上げさせてきたのであった。

（同二〇〇頁）

男はサラリーマンとして安い給料で一生会社に縛りつけられ、女はそんな情けない男に経済的に依存して家庭に入らないといけない。お見合いや社内恋愛、寿退社、妊娠・出産……美紀から見れば、そんなシステムは馬鹿げているし、その仕組みに嬉々として乗っかる男女もあほらしい。その窮屈さやくだらなさから逃れ、自由に生きるために何より大切なもの、それは自分の仕事で生み出すお金なのである。

だが、美紀にも社内に好きな男がいる。経理部の「痩せてちょっとにがみ走った好男子」、二六歳の北林だ。ウソつきで頼りなく、万事にだらしない上に経済力もないこの年下の男が、美紀には可愛く見える。結婚するつもりはないが、仕事帰りに北林と焼鳥屋で酒を飲んで（美紀のおごりで）、彼のアパートに寄ればつい男女の関係を続けてしまう。屈託がないわけではないが、後先のことを気にせず、自分の欲望や快楽に素直に従う美紀というヒロイン像は新鮮だっただろう。というか、私の同世代の友達の話を聞いているみたいだ。

ある日、美紀は、高校を出たばかりの新米の後輩・トモ代が妊娠したという噂が流れていると上司の小山田課長から聞かされる。よりによってその相手とされているのは北林だった。好きな男に裏切られた怒りで枕を濡らした翌朝、美紀は始業前にトモ代を湯沸室に呼び出す。

「わたしはね、若い娘さんをあずかってる身ですからね。十九やハタチの人にそんな噂たてられたら、わたしが会社で、しめしがつかへんやないの！」

「ああ、そうか、結局、松尾さんが上役の人によびつけられて叱られへんか、と心配してはるんですね」

「それだけやありませんよ、あんたのことを考えて……」

「つまり、あたしがうらやましいんですの？　それほどもてでる、いうことが」

「誰がうらやましいもんですか。……おまけに、相手の人、知ってんの？　評判の悪い男よ。たとえ、デマにしても」

「アハハ……それはデマとちがうわよ」

トモ代は再び、おかしそうに笑った。

「そこはほんとうよ。あたし、北林さんと結婚するんやもん」

「うそ！」

「うそなんて、なんで、そんなこと松尾さんにいえるの？」

トモ代は美紀の体を押しのけて、しゅんしゅんと煮えたぎる湯沸しのガスをとめた。

「北林さんと結婚するってほんと？」

美紀は顔から血の気が引いていくのが分った。

「はあ、北林さんは、来年の秋ぐらいいうてはるのよ。でも、あたしは春にはしたいんです」

トモ代は、顔いっぱいに、愛嬌のある笑いを浮かべて美紀にすりよった。

「あたしね、あたしね……ほんと、松尾さんには悪いことしたと思うてます」

「何がなの？」

「いえ、北林さんのこと」

「北林が何をいったの」

美紀は思わず呼び捨てにして、トモ代をにらみすえた。

「何を北林から聞いたのか分らないけど、何もかもデマやわ！」

「まだ、あたし何もいうてないのに、デマやなんて――」

とトモ代はますます落ちつき払って美紀の逆上ぶりを興味ありげに見ている。


（同八七～八八頁）


美紀が「若い娘さんをあずかってる身」と言っているのは、すでに書いたような企業側の雇用慣行があったためだ。

一〇歳もの歳の差があり、結婚相手探しのためには実力行使も辞さないタイプの小柄で愛嬌があるトモ代と、そうしたすべてに違和感を抱いている美紀が、一人のダメな男を巡って争うこの場面。ともすれば、よくある女同士のドロ沼の確執として処理されるシーンだ。

しかし、著者・田辺聖子の語りは、ヒロインの美紀の視点に立ちながらも、どちらの立場をも肯定も否定もしない柔らかさがある。彼女たちのひりひりするような切実さ、情熱を同じだけ認め、リアルな大阪弁の応酬を描き出す。「甘い関係」は全編にわたり、決して高見から見下ろさないこの作家特有のあたたかいユーモアに満ちている。半世紀以上もの間ずっと支持されてきたゆえんだろう。

新聞連載小説らしく、「ワリカン独立」をした三人のヒロインには息をつく間もなく次々と試練がふりかかる。東京に出て歌手として勝負する町子、最後に新進小説家となる彩子とともに、美紀にも怒濤のドラマと修羅場が押し寄せ、意外な形で新しい幸せへの足掛かりを見つける。誰とどうなるのか、ぜひ読んでみてほしい。

五六年ぶりのオリンピックがもうすぐ東京にやってくる。いま学校を出て就職する人たちの祖父母の世代が、ちょうど美紀たちの世代だ。「甘い関係」という小説を媒介にして、身近な年長者に若かりし頃のオフィスライフについて聞いてみるのも楽しいと思う。想像を超える豊かで生き生きとした物語があなただけに語られるかもしれない。

絶対安全
不倫小説

東野圭吾

『夜明けの街で』

角川書店、2007年／角川文庫、2010年

オフィスラブは人に言えない。今回は、オフィスラブが必然的にはらむ「言えなさ」に注目したい。

すでに書いたように、日本がオフィスラブ大国でありながらその恋愛が職場で隠される理由は、第一には公私混同であるためだ。

「会社員小説」というジャンルを探究した小説家の伊井直行は、『会社員とは何者か?――会社員小説をめぐって』(講談社、二〇一二年)のなかで、会社員とは身体を二つに――「公」と「私」に分断された存在だと指摘している。

職場で発生するオフィスラブに対して、仕事に支障がなくとも生理的な気持ち悪さを感じる人も少なくないだろう。それはおそらく、オフィスラブが「公」「私」という会社員の本質に関わる境界を侵犯するものだからだ。

もう一歩、具体的に考えれば、嫌われ疎まれるオフィスラブの代表例についても言及せずには済ませられない。家庭をもっている人が職場で別の人と恋愛をしているケース、つまり「不倫」である。そもそも「オフィスラブ」という言葉がその登場時点から不倫の文脈で使われていたことは、まえがきで確認した通りだ。

オフィスラブで、かつ不倫の場合、言えなさは頂点に達する。当事者にとっては職場(公)で人に言えないだけでなく、家庭(私)でも隠し、嘘をつかなければならない。その関係性には存在の足場もない。「公」と「私」という二つの丘の裂け目、暗い暗い谷底での恋愛になる。

東野圭吾「夜明けの街で」は、そんなオフィスラブ×不倫の「言えなさ」を主題とし、見事にエンターテインメントに昇華させた小説である。

主人公で語り手の「僕」・渡部は、東京の日本橋にある建設会社に勤務している。三〇代半ばで、建設現場の電気系統を担当する二五人ほどの部署に在籍し、役職は主任だ。学生時代から付き合っている有美子と結婚して九年が経つ。四歳の娘との三人暮らしで、二年前に購入したマンションに住んでいる。妻の有美子は出産を機に仕事をやめ、現在は週に一日カルチャースクールの講師をしている。子どもが生まれてから夫婦は別々に寝るようになった。絵に描いたような中流サラリーマンの家庭像だ。

お盆休み明けの酷暑の日、渡部の部署に派遣社員の仲西秋葉《あきは》が配属される。最初はとくに気に留めていなかった渡部だが、その週末に開かれた秋葉の歓迎会で、彼女が三一歳であること、眼鏡の下は「和風美人タイプの整った顔立ち」であること、そして恋人がいないことを知る。酒席で皆から恋愛観を訊かれ、秋葉は「結婚してくれる気のない人とは付き合いません」と言う。

「どんな相手が自分に向いているのか、どんな相手とだったら幸せになれるのか、よく分からないんです。だから理想というのはありません」

では逆に、絶対にだめだというのはどんな男か。秋葉は即座に答えた。

「夫としての役割を全うできる人でないといやです。ほかの女性に気持ちが向くような人は失格です」

でも、旦那《だんな》さんが浮気したら？　彼女の答えは明瞭《めいりょう》だった。

「殺します」

ひゅーっと誰かが口笛を鳴らした。


（東野圭吾『夜明けの街で』角川文庫、一一頁）


その夜以来、職場の男性たちは恐れをなして秋葉と距離をとるようになる。渡部は彼女と個人的に言葉を交わすこともなかったが、あるささいな「出会い」が二人の関係を大きく変える。

金曜の夜、渡部は学生時代の友人たちと酒を飲んでいた。そのまま皆で繰り出したバッティングセンターで、秋葉がひとり一心不乱にバットを振っているところに出くわす。友人の一人が秋葉をカラオケに誘うと彼女も合流し、さんざん歌って最後には酔いつぶれ、渡部が家に送ることになる。夜明け前、秋葉はマンションの前で渡部のスーツの上着に嘔吐し、汚れた上着をひったくるように取って、茫然とする渡部に何も言わずそのまま自分の部屋に帰ってしまう。

後日、渡部と秋葉は終業後に職場の外で会う約束をする。渡部は上着の返却と謝罪の言葉を期待していたが、いっこうに上着は返ってこず、秋葉も「ごめんなさい」という一言をどうしても言わない。渡部はいらだちと不信感を抱きながらも、彼女の不器用で挑発的な性格に次第に惹かれ始める。二人は上着と謝罪をめぐって口論した後、和解しようと横浜のレストランで食事をする。


横浜駅から電車で帰る間、僕は幸福な思いに浸っていた。ただしこの時はまだ、今夜かぎりの気分だと自分にいい聞かせていた。

それが大きな間違いだったと気づいたのは、その次に会社で秋葉を見かけた時だった。彼女の姿は輝いて見えた。目のレンズの焦点がそこに合わせられたように、ほかのものはぼんやりと、そして彼女の姿だけはくっきりと映った。僕の胸は高鳴っていた。

仕事をしていても、いつの間にか僕は彼女を目の端で捉《とら》え、彼女が発する声には耳が敏感に反応した。それどころか——呆《あき》れることに、驚くことに、ほかの男性社員が彼女に話しかけているのを見て、軽く、いやいやかなり真剣に嫉妬《しっと》していたのである。

（同三九頁）

職場のなかでの一つの背景でしかなかった人物が、ちょっとした非日常の出会いを契機に、突然「前景」としてせり出してくる。恋愛感情に限らずとも、毎日通うオフィスで多くの人が似た経験をしたことがあるのではないか。偶然その人の私的な部分に触れてしまったことで、違う角度から照明があたり立体的に見える、というような。

自分の感情に気づいた渡部は、妻の有美子には「ゴルフの練習」や「接待」などと嘘をつき、土日にも秋葉と会うようになる。車でドライブに行き、二人で食事したり酒を飲んだりする程度の関係だ。渡部は最初、秋葉に本気になることはないと思っていた。「自分の家に一歩入れば、いつも通りの夫、いつもと同じ父親に戻れる」と。

「不倫する奴なんて馬鹿だ」というのが渡部の持論だ。不倫の代償はあまりにも大きい。社会的信用も家庭生活も全てを失い、ときに失職さえする。だから目移りすることはあっても決して心まで奪われてはいけない。

一方で彼は、会社員となって順風な結婚生活を送ってきたこの一〇年で、いかに自分が多くのものを失ってきたかという思いにとらわれている。瑞々しい恋愛感情と情熱的なセックスは、その「失ったもの」のなかでも大きな比重を占めているようだ。

二人でドライブや食事を重ねるうちに、秋葉の過去に何か重大な事件があったことが分かってくる。それが彼女がどうしても「ごめんなさい」と言えない理由に関係しているようだ。今は事情を話せないが来年の三月三一日が過ぎれば話せると秋葉は言う。「その日はね、あたしの人生にとって、最も重要な日なんです。その日が来るのを何年も……」

デートの帰りに秋葉を実家まで送った晩、渡部は出がけだった秋葉の父親に出くわす。すると秋葉は、戸惑った表情の父親にあてつけるように渡部を実家の豪邸に招き入れ、奇妙な話を語る。かつてこのリビングルームの大理石のテーブルの上で殺人が起きたと言うのだ。帰ろうとする渡部に、秋葉は「こんなところで一人にしないで」と抱きつく。その夜、二人はあっさりと結ばれてしまう。

越えてはならない一線を越えた夜、ようやくスイッチが入ったかのように、物語は東野圭吾ミステリーへと急旋回していく。

「夜明けの街で」は、一言で言えば、社内不倫の相手が時効の迫る未解決殺人事件の容疑者だったという話だ。

事件が起こったのは一五年前。秋葉はまだ高校生だった。

その頃すでに秋葉の両親は離婚し、家には父親の仲西達彦と家事を手伝いにきていた母親の妹の浜崎妙子、父親の秘書の本条麗子が出入りしていた。

ある日、仲西家のリビングで、秘書であり父の愛人でもあった本条麗子が何者かにナイフで胸を刺されて死んでいるところを発見される。最初の発見者は秋葉。彼女はその場で失神して倒れてしまう。帰宅した妙子と父親がリビングで倒れている二人を見つける。そして庭側のガラス戸が開いていることに気づく。

麗子のバッグがなくなっていたことから強盗殺人事件として捜査されるが、ガラス戸やナイフの指紋はすべて拭き取られており、目撃者などの手がかりも一切出てこない。神奈川県警は一五年間容疑者を逮捕できないまま時効の日が迫っていた。

長年この事件を追ってきた捜査一課の芦原《あしはら》刑事だけでなく、殺された麗子の妹・釘宮真紀子も独力で捜査していた。渡部の前に次々と現れる彼らは、当時高校生だった秋葉こそが真犯人なのではないかとほのめかす。動機は、両親の仲を引き裂かれた恨み。たしかに渡部は秋葉自身の口から「時効の日を過ぎれば話せることがある」と聞いていた。

渡部は沼に足をとられるように秋葉との不倫関係から抜けられなくなっていく。不倫の秘密と嘘にまみれながら、一五年前の殺人事件にも巻き込まれ、「もし秋葉が犯人だったとしても愛し続けられるか」と自分に問う。

そして時効の日がやってくる。秋葉は、事件の起こった実家のリビングに渡部と父親、妙子を呼び出す。深夜〇時を過ぎ、時効が成立した瞬間、秋葉は一五年間誰にも言えなかった真実を語りはじめる……。

不思議な読後感をもたらす小説だ。職場と家庭の間で引き裂かれる主人公の姿が不倫の歓楽とともに描かれる。最後に妻・有美子の「気づき」が間接的に伝えられはするが、倫理上の問題は不思議ときれいに洗い流されている。エピローグとして付された「おまけ　新谷君の話」は、そのことへの作者のエクスキューズなのかもしれない。

ひとまずここでは、この作品が使った「置き換え」について指摘しておきたい。

「夜明けの街で」では、渡部が家庭と秋葉のどちらを選ぶか、という葛藤が示される。そのよくある不倫の葛藤は、過去の未解決殺人事件の詳細が少しずつ明かされるうちに、秋葉は真犯人なのかどうか、もし秋葉が殺人犯だとしても（家庭を捨ててまで）彼女を愛せるか、という葛藤に置き換えられていく。

一見、葛藤の度合いは深まっているようだ。しかし、実はこの置き換えは主人公にとって都合が良い。なぜなら、殺人事件の謎は不倫とは本来まったく別の話だからだ。殺人犯という「答え」は主人公のコントロールできない外部にある。

犯人が誰かという問題と、渡部が誰を愛するかという問題が一体のものとされることで、ミステリーの最後の謎解きが不倫の葛藤もまとめて処理してしまう。本作の冒頭でも示唆されるように、不倫とは、他でもない自分自身の行動によって公と私の谷間へ転落する過酷さをともなうものだ。だが、この置き換えが主人公の行動の責任をあいまいにし、悲劇を巧妙に回避させている。

この小説の興味深い点はもう一つある。「夜明けの街で」で置き換えられているのは、家庭を選ぶか秋葉を選ぶかという葛藤だけではない。オフィスラブ×不倫による渡部の「言えなさ」が次第に、殺人事件の真相をずっと胸中深くに抱えてきた秋葉の「言えなさ」に置き換わっていく。

謎解き部分となる結末が単なるご都合主義に陥っていないのは、この物語の構造に関わる組み換えが手品のような手さばきで行われるためだろう。言えないことの中身だけでなく、言えない主体さえもすり替わってしまうのだ。見事である。

とはいえ、本作はやはり不倫に手を染めた男にとって都合の良すぎる物語である。

渡部はクリスマスやバレンタインデーに秋葉に会うために奔走するが、つねに秋葉の求めに応じる形であり、本質的には徹底して受け身だ。主人公の受動性はこの小説全体を貫いている。

秋葉が目の前に現れ、秋葉が身を投げ出し、問いを出し、最後に秋葉が答えまで言う。渡部は差し出された禁断の恋を惚けた表情で味わうだけだ。苦悩してみせるが、最後まで決定的な行動には踏み出さない。その徹底した受動性と、不倫の倫理的問題の回避は、明らかに手を結んでいる。エンターテインメントと言ってしまえばそれまでだが、二つの「置き換え」を作者が意図して行っていることは看過できない。

本書では「夜明けの街で」を、ミステリーの枠組みを使った「絶対安全不倫小説」と呼びたい。もちろんこのコピーは語義矛盾だ。半分は揶揄しているが、もう半分はこの作品のもつ後ろめたい魅力をあらわしている。

「絶対安全な不倫」に興味がある人は、ぜひ本作で東野圭吾に騙されることをおすすめする。

忘れられた名前を呼ぶとき、オフィスラブが始まる

川上弘美

『ニシノユキヒコの恋と冒険』

新潮社、2003年／新潮文庫、2006年

小・中学校で同級生だった本田さんと森さんという女の子がいた。私たちはともに「学童組」だった。二人とも運動神経が良くて、聡明で、笑顔が可愛かった。本田さんと森さんは小中のバレー部でもずっとチームメイトだった。彼女たちはときどき仲たがいもあったようだが、学級崩壊と苛烈ないじめを生き延びた盟友だった。

中学二年生の頃だったと思う。学童保育の頃はあだ名で、小学校高学年になると下の名前で呼び合っていた二人はある日、互いを名字で呼び捨てし合うようになる。「ねえ、本田」「なに、森」。はじめはそういう遊びだったはずだ。幼なじみで親友の女の子どうしが名字で呼び捨てし合うなんて、よそよそしくて不自然だった。本田さんと森さんはその変な感じを楽しんでいた。

二人で名字を呼び合う習慣は中学校を卒業するまで続いた。気づけば名字を呼び捨てし合う女の子たちは少しずつ増えていった。本田さんと森さんはたまに昔のあだ名でも呼び合って笑っていた。でも基本は「本田」と「森」。それがなんだか年上の男どうしみたいで、大人っぽくてかっこいいなと思っていた。

私たちの多くは、長い教育期間を終えると自立して食べていくためにまずどこかで雇われて働く。労働の場では呼び名の問題は新たな局面に入る。

オフィスという空間は、スクールカーストとも異質の非常に細かな階層が入り組んだ場所だ。誰の目にも明らかな線があり、にわかには見えない境界もある。

前回触れた伊井直行の会社員小説論では、こうした会社のなかの複雑な階層性を「ゲームの空間」と呼んでいる。

会社は利益という目的のために、社員を各部署に役割ごとに配置する。つまり、人間をキャラクターに擬してグループ分けを行う。会社はキャラクターが活躍するのに格好の舞台だったのである。これは単なる分業化、機械化とは違う。ホワイトカラーの会社員の場合、特に営業の仕事や経営は、知能も精神力もすべて動員する必要がある。私人として参加しているのではないのに、時には全人格が投入される。

だが、会社はあくまでかりそめの舞台である。私生活は会社の外にある。会社から離脱すれば、それまで会社の中にあって稼働していた会社員としての「人格」は消えてしまう。会社それ自体からして、利益を上げられなければ消えてしまう存在である。ちょうど、キャラクターが、漫画雑誌を閉じ、ゲームをやめ、電源を切れば消えてしまうように。会社は、そういう意味で「ゲームの空間」であると言える。ここで言う「ゲームの空間」とは、現実と無関係ではないものの、現実とは違う特有のルールが適用される閉ざされた領域のことである。

（伊井直行『会社員とは何者か？——会社員小説をめぐって』講談社、二〇一二年、一八七頁）

「ゲームの空間」としてのオフィスで働いている人たちは、部署・役職・入社年度・採用形態・性別など様々なカテゴリーに分けられたキャラクターだ。日本では、自分より上のラインの管理職はたんに「部長」、あるいは名字をつけて「〇〇課長」と役職名で呼ばれることが普通である。その人固有の名前ではなく、いつでも入れ替わりうる役名＝キャラクター名で呼ばれる。役名に大した意味がない下級職員は家族の名前＝姓で呼ばれる。

人を公／私に分断するオフィスという空間は、まずその人の名前を、役職名・姓と、下の名前とに引きはがす。オフィスが、一人の人間の名前にも「公」と「私」があることを明らかにする。

前置きが長くなったが、オフィスラブを考える上で「呼び名」はとても重要な問題である。

オフィスでは、私たちは名字か、「機能」そのものの名前で呼ばれることが多い。主任、ディレクター、マネージャー、営業さん、アシスタントさん、佐川のおっちゃん……。キャラクター名が労働のゲーム性を高めている。

公私混同《オフィスラブ》は、そんなオフィシャルなゲーム空間の裂け目に生まれる。私たちが自分に振り分けられたキャラクターに徹している限り、恋愛が発生する余地は小さい。だが、相手をキャラクター名ではない別の名前で呼んだとき、オフィスに亀裂が走り、その場の秩序を形成していたいくつもの階層が無意味になる。ゲームが一瞬バグを起こす。その「別の名前」とは、本来呼ばれるべきではない本当の名前、ゲームの空間では本人も忘れている名前だ。

マナミ、とユキヒコはわたしの名を呼んだ。会議室のくらやみの中で。ブラインドのおりたくらがりの中で。わたしは何も答えなかった。榎本副主任、と名字でしか呼んだことのないわたしの名前を、ユキヒコが知っていることに、衝撃をおぼえた。自分に名前があったことを思い出して、衝撃をおぼえた。ユキヒコにはじめて呼ばれたわたしの名前がすでにして甘く溶けだしていることに、衝撃をおぼえた。わたしは窓の外にあるだろう晴れわたった空を、まぶたの裏にうかべていた。ユキヒコはわたしの上半身を会議室の机の上に横たえた。

（川上弘美『ニシノユキヒコの恋と冒険』新潮文庫、七〇頁）

「ニシノユキヒコの恋と冒険」は、ある希代のモテ男の恋愛遍歴を、彼と恋に落ちた一〇人の女性たちが語っていく連作短編小説だ。上に引用した一篇「おやすみ」は、幸彦が二〇代半ばで経験した、三歳上の直属の上司・榎本真奈美とのオフィスラブを描いている。

真奈美は「仕事において成功したいと思っていたから、社内で恋愛をするつもりはなかった」。この無人の会議室での出来事が起こるまで、真奈美は部下である「西野くん」に好意を示したことは一度もなかった。

でも本当は、彼が同じ課に部下として配属されたとたん狂おしい恋心を抱いていた。一年と一ヵ月、真奈美は自分の中の熱烈な恋情を抑え込み、人に知られず消滅させようと必死だった。それなのに、部下である西野幸彦は五月の明るい春の日に「採集家が蝶《ちょう》の翅《はね》をひろげ、展翅板《てんしばん》に固定するように」いとも簡単に真奈美を手に入れた。そのとき、幸彦は初めて彼女の下の名前を柔らかい声で呼んだのだ。

西野幸彦に恋をした様々な年代の女性たちは、彼と過ごした時間をいつまでも鮮明に覚えている。出会いの印象、恋に落ちた瞬間、彼の声と表情、いつまでも自分のものにならない苦しさ、ほかの女の影、嫉妬と諦め、そして別れの日。

西野幸彦はあらゆる面で申し分ない男だ。男前で、清潔で、優しく、身体はしなやかに筋肉質で、礼儀正しい。大学を出たあとに勤めた商社でも有能で、社内では「信頼される部下、気のおけない同僚、飲みに連れて行ってもらいたい先輩」。それだけでも十分なのに、彼には特殊な才能があった。

女自身も知らない女の望みを、いつの間にか女の奥からすくいあげ、かなえてやる男。それがニシノくんだった。どれもなんでもないようなことだ。望む時間に電話をかける。望む頻度で電話をかける。望む語彙《ごい》で褒める。望む甘え方をする。望むように叱《しか》らせる。なんでもないことであるがゆえに、どんな男も上首尾には行えないこと。それらのことを、ニシノくんはやすやすと行った。いやな男だ。男にとっても、女にとっても。

(同二〇一〜二〇二頁)

これは三七歳の西野幸彦と「省エネ料理の会」で知り合った、結婚三〇年の専業主婦サキサユリの弁。サユリが西野と映画館で遭遇したとき、西野は彼女の名前をフルネームで呼んで驚かせる。二人は映画館を出てお茶をして、好きな映画や本の話で盛り上がり、ときどき電話をする関係になる。サユリは西野が付き合っている女の子たちの話を詳細に聞く。電話をするだけの彼女もまた、西野に嫉妬と執着を抱いていく。

「ニシノユキヒコの恋と冒険」は私たちに、相手の名前を呼ぶこと、特に下の名前を声に出すことが恋愛関係にとっていかに本質的であるかを教えてくれる。ニシノさん、西野君、ユキヒコ、幸彦……。一〇人の語り手たちは、甘く、苦く切ない記憶を辿りながら彼の名前を反芻する。それから西野幸彦に呼ばれた自分の名前を、彼の声の響きを何度も思い出す。

名前を呼ぶという行為は、瞬時に「いま・ここ」を飛び越える力をもっている。これまでの人生で他者から呼びかけられた名前が、底流のように私たちの身体の奥深くを流れている。

保存されているのは自分の名前だけではない。私はこの原稿を書きながら唐突に、二〇年近く前の中学生の本田さんと森さんが名字を呼び捨てし合う声を聞いた。そして彼女たちの不思議な成熟について昨日のことのように思い出した。今になって考えれば、それは大人になりかけの少女たちが始めたゲームだったのだ。

そのようにして私ではない誰かの特別な関係もまた、その名前を呼ぶ声をきっかけに急に目の前に湧き出ることがある。

例えば、西野幸彦と付き合い始めた真奈美が、西野の昔の恋人と会う場面。

――「カノコ」とユキヒコは彼女に向かって呼びかけた。わたしはかっとした。なぜわたしの目の前で、

――なまえを呼ぶの。かつて恋人だったひとのなまえを。そんなに柔らかく。（同七二頁）

西野幸彦は相手の名前を呼ぶエキスパートだ。他者との親密な関係はいつも、相手をふさわしい名前で呼ぶことから始まる。西野は、「女自身も知らない女の名前を、いつの間にか女の奥からすくいあげ、呼んでやる男」とも言える。

だが、そんな無敵のモテ男である西野幸彦は、最後は決まって女の子にフラれてしまう。西野と付き合った女性たちは、どれほど西野に思いが残っていてもある日決然と去っていく。彼女たちは皆同じことに気づく。「結局西野くんは女の子をほんとうに好きになるということを知らなかったし、最後まで知ろうとしない」。

真奈美も自分から別れを告げる。別れてしばらく経ったある日、彼女はユキヒコに「どうして僕はきちんとひとを愛せないんだろう」と問いかけられる（このろくでもない台詞が切実に胸に響いてしまうのが、この小説のすごさである）。

真奈美は、愛するひとなんかほんとうは欲しくないくせに、と内心思いながらも、「いつか愛せるひとが出てくるわよ」と答える。そして帰り道で一人「かわいそうなユキヒコ」とつぶやく。

「ニシノユキヒコの恋と冒険」は、きちんと人を愛しきれなかったゆえにかわいそうな、しかしいつまでも魅力的だった男の一代記だ。ニシノユキヒコの恋に満ちた風変りな人生は、私たちがいつも何気なくしている、誰かの名前を呼び、誰かから名前を呼ばれるということのかけがえのない意味を照らし出している。

オフィスラブとセクハラの境界

綿矢りさ

『手のひらの京』

新潮社、2016年

「手のひらの京《みやこ》」は、小説家・綿矢りさがはじめて自身の故郷である京都を舞台に書いた長編小説だ。

この著者を「さびしさは鳴る。」(「蹴りたい背中」)という有名な書き出しで記憶している人もいるだろう。本作も、冒頭の一段落を読めばすぐにこの作品全体に満ちている空気が伝わってくる。

京都の空はどうも柔らかい。頭上に広がる淡い水色に、綿菓子をちぎった雲の一片がふわふわと浮いている。鴨川から眺める空は清々しくも甘い気配に満ちている。春から初夏にかけての何かはじまりそうな予感が、空の色にも溶け込んでいる感じ。凜《りん》が思いきり息を吸いこむと、水草が醸し出す川の香りが胸を満たした。

(綿矢りさ『手のひらの京』新潮社、三頁)

主人公は奥沢家の三姉妹。図書館に勤めているおっとりした長女・綾香《あやか》、大手電子メーカーの新入社員で恋多き次女・羽依《うい》、京都に息苦しさを覚え始めた大学院生の三女・凜《りん》は、定年退職したばかりの父親、同じく「私も主婦として定年を迎えます」と二度と食事は作らないと宣言した母親と、ともに生家で暮らしている。

仕事と恋愛、家族との関係にもがきながら自立していく三姉妹の心の揺れを、四方を山で囲まれた京都の四季を背景に描く。京都で暮らす生活者の視点はこれほど瑞々しいのかと驚かされる。

ただし、そうは言っても綿矢小説。本作も、そういうきれいな紹介では伝わらない、著者独自の観察眼によるゴリゴリした人間関係が描きこまれている。取り上げたいのは、まさにその筆致が冴えまくっている次女・羽依のオフィスラブの顚末である。

羽依は小学生の頃からずっと男子に囲まれてちやほやされ、自分のモテに自信をもってきた。希望の会社へ入社後、新人研修ではやくも彼氏をつくる。恋の相手は同じ新入社員ではなく、指導役だった三〇過ぎの上司・前原智也。仕事のできる爽やかな前原は、女性新入社員のなかでも一番人気で、会社中の独身女性が狙っている男性だ。

初めは喜んでいた羽依だが、付き合って一カ月も経たないうちにこの男が「地雷」であると勘づきはじめる。前原からのメールを恋愛に疎い妹の凜に見せる場面。

「前原さんから今来たメッセージなんやけどさ、ありえなくない?」

ベッドに腰掛けた羽依が見せてきた携帯の画面を、凜はのぞきこんだ。

『羽依のことはもちろん愛してるよ。でもどうしても会いたいって気持ちは、おれには分からないんだよね。会いたいときに会えばよくない？？』

読み終わると凜は脱力して目をそらした。世のカップルたちは、こんなこってりしたメールを毎回やり取りしているのだろうか？　胃が焼ける。

「ひどない？　会うの断るにしても、〝会えなくて残念や〟とか普通書かへん？」

「会いたい会いたいってわがまま言ったんやないの？」

「言ってない。〝付き合ってすぐのころは、もっとひんぱんに会うのがフツーじゃない？〟ってメールしたんよ。そしたら返事がこれ。かなりスカしてるよね、モテる男きどりっていうか、なんか私が〝どうしても会いたい〟ってねだってる設定になってるし。いったい何様のつもりなん、この男」

（同一四〜一五頁）


すでに綿矢作品の女性キャラクターが炸裂しているが、このメールだけでは、読者にはまだ前原のどこがおかしいのかピンとこない。恋愛に対するただのスタンスの違い、あるいは歳の差。社内恋愛で、しかも新入社員と研修役の上司というあまりよろしくない関係性も影響しているのではないか、とも感じる。

しかし羽依はその直感を深めていく。

次に前原が登場するのは、初夏の近江舞子に新入社員が集まって琵琶湖畔でバーベーキューをする場面だ。新人だけのイベントだが、慕われる前原はこうした場にも呼ばれている。この日は表向き休日のレジャーでありながら、各人が「会社での評価」を念頭に置き、何がふさわしい振る舞いなのかを意識してロールプレイを繰り広げる。非常に読み応えのある一幕だ。誰よりも「空気」が読める女、羽依の洞察は深い。

新入社員にとって、ようやく入社できた会社で働く上司たちは憧れの存在として映る。同時にどれだけ敬えば、気を遣えばいいか分からない相手でもある。前原はその心理をうまく利用して、ほかの上司たちとは違い、新入社員たちに分かりやすい距離感を明示した。頼れるし冗談も言い合える上司でありつつも、仕事のこととなると真剣さと敬意をもって接すべき上司だと、直接言わずとも会話の節々で明確なラインを引いた。

前原と接するときは前原ワールドの掟に従えば、むだに気を遣わずに済むので、新入社員たちも彼とは話しやすかった。また、前原は自分が会社に必要とされていると思わせるのも上手だった。いるよなぁ、年下の理想像のふりをするのだけが上手い、爽やかでデキるお兄さんを演じてるタイプの男って。と、まんまと引っかかっていた羽依は今さらになって思う。

（同二九～三〇頁）

そういう男は本当にいたるところに生息するのだが、新卒間もない段階でここまで見切っている羽依は特殊だと思う。田辺聖子「甘い関係」の美紀のような破格さを感じる。

これほどの眼力をもつ羽依も、前原との関係では誤算をしていた。最初のメールの件以降、デートもろくにしてくれない「さぶい」前原のことを「べたぼれのふりして散々甘やかして、あっちが安心しきったころに捨てたろ」と決めていたのだ。プライドが傷つけられたことへの軽い復讐のつもりだったが、のちにこれが面倒を呼んでしまう。


少しずつ仕事にも慣れてきた九月、羽依は職場内で先輩の女性社員からいやがらせを受けるようになる。

羽依は学校時代からいじめの対象になりやすく、独自にいじめへの対処術を身につけていた。会社内でもいつかターゲットにされるだろうと気をつけていたが、きっかけは前原との接近、さらに課内の有力なお局にプレゼントをあげる風習に気づかなかったことだった。

このいやがらせ、小説内では「京都の伝統芸能『いけず』」として皮肉たっぷりに紹介され、「京都」を単純には美化しないための仕掛けの一つとして機能するシーンだが、内容は地味にえげつないものだ。具体的には、お土産物などを一人だけ配られない〝お菓子外し〟、羽依に対するひそひそ話、当番制の掃除の異様なチェックの厳しさ、休憩室であからさまに避けられること、つっけんどんにしか仕事を指導してくれずそれでミスが増えて「無能だ」と罵られる、など……。

しばらく耐えた羽依はある晩、家で「明日会社に行きたくない」と感じる。そして腹をきめる。「よし、爆発しよう」。

翌日の終業時間後、ロッカー室で着替えている羽依に、後から入ってきた先輩たち六人が愚痴・噂話の体で「いけず」を始める。重要なシーンなので少し長めに引用したい。

「ほんまお洒落とか男のこととかばっかり考えてる人やから、仕事の内容がいつまで経っても覚えられへんのやろね」

「同期の子らとは大違い。他の子は仕事でもお茶を出すのでも、よう気がつくわ。私も新入社員の時分は言われる前に何が必要かとアンテナめぐらして、ぱっぱと動いてたもんやけどね。なーんも気ィつかんと、ぼけーッと言われたことだけやって、平気な顔してるんやから、何考えてんのか想像つかなくて、恐ろしいくらいやわ。男の人らには良い面だけ見せるから、うまいこと騙せてるみたいやけどね」

「でも男でも見抜いてる人いるで。前原さんとか。ちょっと付き合って良くないと思たから、一回やって捨てたんやって」

笑いが起きる。よし来た、このタイミングや。

「それ私に向かって言うてんの？」

鬼の形相で素早くくるりと振り返ると、お局たちの驚愕した顔があった。京都ではいけずは黙って背中で耐えるものという暗黙のマナーがある。しかしそんなもん、黙ってられるか。私はなんでも面と向かって物言うたるねん。

「私に向かって悪口言うてるんかと聞いとるんや！」

ほとんど咆哮に近い羽依の怒声がロッカー室中に響き渡る。怯えた取り巻きどもが集まって固まりだしたが、羽依は一番力のあるお局だけに焦点をしぼって歩み寄った。

「どうなんやさ！」

「私、悪口なんか言うてへんで、ねえ」

こわばった笑みを顔に貼り付けて、隣の取り巻きと顔を見合わせて二人でうなずいている。

「そうやんな、まさかこんな近いとこで私の悪口言うほどは根性ねじまがってないもんな」

羽依の普段の女らしい態度とは正反対の、敬語さえ使わないぞんざいな口ぶりの迫力に、お局は怒り返す勢いもなく、弱々しい笑みを浮かべたまま、「そうそう」と繰り返すばかりだった。

「言うとくけど、私は前原さんと寝たりしてないし、もちろん捨てられてもいないから。いい加減なデマを社内で流したら、パワハラや言うて訴えてやるからな！　いままでのお前の嫌みも全部持

――ち歩いてたICレコーダーに録ってあるから、法廷出たら覚悟せえよ‼」（同八六〜八八頁）

羽依の「キレ芸」の迫力がビシバシ伝わる場面だ。「どうなんやさ！」がアツい。

かなり派手に反撃したとはいえ、ふだん労働問題を仕事にしている私からすると、彼女が相手に「パワハラ」だと指摘していることはまことに正しい。羽依はただキレただけではなく、「いけず」（いじめ・いやがらせ）が現代の職場では「ハラスメント」と呼ばれるルール違反行為であると言っているのだ。

もし私が羽依から相談を受けたら、「人間関係からの切り離し」などの典型的パワハラに加えて、異性関係へ言及された部分はセクハラとしても追及できると答える。

「セクハラ」という概念が日本に現れたのは一九八〇年代末のこと。その画期として有名なのが「福岡セクハラ訴訟」（一九八九年提訴）だ。

この民事訴訟は、男性上司が原告の女性の私生活上の噂を職場内外に広め、性的中傷を行ったことが不法行為であると訴えられたものである。九二年の判決では「セクシュアル・ハラスメント」という言葉自体は使われなかったものの、日本で初めて、被告の上司について原告の人格および職場環境の侵害が、また会社の使用者責任が認められた。

羽依がロッカー室で受けた「いけず」はこれと同種のものだ。つまり、職場という公的な領域にふさわしくない私的（性的）生活への言及・中傷である。福岡セクハラ訴訟以降、全国でセクハラ訴訟が数多く争われるようになり、こうした性的中傷は基本的にアウトになった。

九〇年代以降の判例を受け、労働法上の規制も次第に形成されてくる。男女雇用機会均等法には、一九九七年改正の際にセクハラについての職場環境配慮義務が明文規定（努力義務、二〇〇六年改正で措置義務へ強化）された。このとき示された厚生労働省の指針（注3）は現在まで改正が重ねられ、労使が「セクハラとは何か」を考える際の重要な枠組みになっている。二〇一四年改正では同性間のハラスメントを含むと明記された。

いったん羽依の物語に戻ろう。

本人のひそかな心配をよそに羽依のキレ芸は功を奏し、先輩たちからのいじめはやんだ。羽依は辛いときにも気にかけてくれた同期の梅川と付き合い始める。そんなとき、研修から半年も経ち自然消滅したはずの前原が社内の自販機の前で声をかけてくる。

「キミ、梅川と、付き合ってるらしいやんかー」

前原の軽い口ぶりに隠された歪んだ憤りを見て取った瞬間、羽依は理解した。女性社員たちの間で回っていた「羽依は前原に一晩でヤリ捨てされた」という噂は、前原本人が流している(!!)。

それを裏付けるように、嫉妬に狂った前原は典型的なセクハラを羽依に仕掛けるようになる。「あっちの男にもこっちの男にも媚売って、ちゃんと仕事できてるんかいな」。この発言の時点でもう完全にアウトなのだが、羽依は前原に断固とした姿勢で対処することをためらう。一時とはいえ交際した相手で、いまの彼氏・梅川の直属の上司でもあるからだ。

そこから前原の執拗な電話とつきまといが始まる。一匹狼として生きてきた羽依は自分を過信している部分もあったのだろう、「最後の一回でいいからおれと真剣に話す場を設けてくれ」という前原の呼び出しにしぶしぶ応じ、自宅へ行ってしまう。

読者の安心のために、申し訳ないがネタバレをする。ここでは最悪の事態は回避される。だが羽依は半日以上、前原の家に監禁されることになる。表面上は馴れ馴れしく装う前原がいつ暴力を爆発させるか分からない、この小説で唯一の悪夢的なシーンだ。


なぜこんなことが起こったか。

小説は、社会的なメッセージをそのまま伝えるメディアではないから、作者自身にもよく分からない理由によるのかもしれない。ただ本書とし

注3
厚生労働省「事業主が職場における性的な言動に起因する問題に関して雇用管理上講ずべき措置についての指針」

ては、この機にどうしても書いておかなければならない。

「手のひらの京」の羽依の物語が明らかにしているのは、私たちがよく目にするある種のオフィスラブが根本的には「セクハラ」と同じ力学で作動するということである。

福岡セクハラ訴訟の時代からこの問題の理論・実践を第一線で担ってきた牟田和恵は、恋愛とセクハラの境界は曖昧であり、はじめが恋愛だったかどうかは、セクハラかどうかを判断するのに決定的な基準というわけではない、と述べる。その上で、オフィスラブの「権力と恋愛」の問題についてこう指摘している。

セクハラにおいて、男性と相手の女性は「対等」ではないのです。上司と部下、正社員と契約社員、派遣先と派遣社員、指導教授と学生。そこには力関係があります。そもそもその関係があるからこそ、女性は男性を尊敬し魅力的に思い、交際が始まったのです。

つまり、かりに恋愛として始まった関係であれ、結果として仕事が続けられない状態になっているとすれば、それは「結果オーライ」ならぬ、「結果アウト」なのです。

（牟田和恵『部長、その恋愛はセクハラです！』集英社新書、二〇一三年、一三六〜一三七頁）

セクハラ恋愛では、上司や取引先として、指導教員として、会社や大学という組織から与えられ

た力が私的に濫用されているのです。意図的であろうがなかろうが、地位に付随した力を濫用することがセクハラなのです。組織がセクハラを問題とするのは、その濫用によって組織の目的や機能が妨げられるからです。

（同一四二頁）

オフィスラブとセクハラの境界について考えることは、本書の問題意識と重なる部分が大きい。

伊井直行による、会社員を特徴づけるのは「公」と「私」に分断された身体だという指摘。川上弘美がニシノユキヒコのオフィスラブの相手として年上の上司・真奈美を造形したわけ。また、なぜ東野圭吾は「夜明けの街で」の不倫相手に「派遣社員」を選び、ミステリーの作法でそのあからさまな権力構造の無効化をはかったのか。

綿矢りさは読書を始めた頃から田辺聖子作品の愛読者であることが知られている。牟田の次の指摘は、田辺聖子「甘い関係」から約半世紀後の二〇一六年に書かれた本作までの時代の変化について、明快に説明する。

かつて女性たちは、そんな気まずい思いをするくらいならと、仕事を辞めることで問題を「解決」してきました。でも現代の女性たちは、そんなことは言っていられません。独身・既婚を問わず、働くことは当たり前となり、女性が自分の生計を立てたり家族を支えるのも珍しくなくなりました。心理的な意味でも、仕事に人生をかけるようなやりがいを感じ、仕事は自分のアイデンティティの一部です。仕事が「小遣い稼ぎ」や「嫁入り前の腰かけ」ではない女性たちにとって、セクハラによって職を危うくされるのは死活問題。女性たちにとって仕事の意味が大きく変わった現代だからこそ、セクハラが社会問題として浮上してきたのです。

（同一三八〜一三九頁）

一方で私たちは、高度成長期の大阪を生きた「甘い関係」の主人公たちが、当時すでに仕事を通じた自立を目指し、仕事を「自分のアイデンティティの一部」にしていたのを知っている。そういう女性はこれまでもたくさんいたし、私の母親もその系譜に連なる。「甘い関係」の美紀は羽依の精神的な先達だ。セクハラの社会問題化は、ようやく社会の側が彼女たちに追いつき始めたことの証左でもある。

「手のひらの京」は、この「胃が焼ける」ような羽依の物語に、長女・綾香、末っ子・凜の物語も交差する家族小説である。性格の違う三姉妹は、それぞれのペースで自分の人生の問題に向き合っていく。当番制になった夕飯作りで、互いの部屋を訪ねて話す愚痴や相談事で、胸にモヤモヤを抱えて帰宅した深夜のリビングで、大人になった彼女たちは適切な距離を探りながら支え合う。
激しくもやわらかい綿矢小説の成熟を味わえる、新境地の傑作である。

私たちが
同僚を好きになる不思議

長嶋 有

『泣かない女はいない』

河出書房新社、2005年／河出文庫、2007年

そういうテーマなのだから仕方ないが、そろそろ「オフィスラブ」「オフィスラブ」と連呼されることに読者も疲労の色を隠せないのではないか。なにより書いている私が疲れてきた。ここらでダーティーすぎない、淡くさっぱりしたオフィスラブください、という気分だ。

口直しに入るその前に、なぜ「オフィスラブ」は私たちをどっと疲れさせるのか、これまで書いてきたことを簡単に振り返っておきたい。

まず、原理的な説明。オフィスラブは公私混同である。オフィスという公的空間と人間関係を使って、私的な恋愛を繰り広げる。オフィスの濫用であり目的外使用だから、隠されることが多い。その規範との緊張関係ゆえに疲れる。

次に、具体的な説明。オフィスラブは不倫や浮気の温床である。表向きは仕事であるため、もしあなたのパートナーが職場で別の誰かとそういう関係になっていても、厳重に監視したりチェックしたりすることは簡単ではない。そもそも会社とは外部から閉じられた空間であり、さらにオフィスラブは職場内でも隠されているのだから、オフィスの外の人間からは二重に隠蔽されている。その構造を利用した不倫や浮気を、オフィスで働く者は嫌でも目にしてしまう。それゆえオフィスラブが嫌われる。

さらに、労働問題としてもオフィスラブは厄介者である。「手のひらの京」で確認したように、細かな階層が入り組み、権力関係にもとづいて労働をするオフィス空間では「権力と恋愛」が容易に結び付く。仕事ができ、社内の信頼があついということが、その人の人間的な魅力になることは否定できない。特に男性の場合は、それに付随する組織人としての社会的地位や経済力が性的な魅力として転換されやすい。だが、そうしたオフィス的権力に結びついた恋愛は、セクハラへと転落する危険と常に隣り合わせである。セクハラの専門家によれば、それは「結果オーライ」ではなく「結果アウト」の世界である。

以上のような理由から、そもそも私はオフィスラブを推奨する立場ではまったくない。これは何度エクスキューズしても足りない気がする。その後ろめたさはおそらく、私が「オフィスラブ」という現象自体は面白いことだと思っていて、興味をもって様々なオフィスラブの形を検討しているためだ。だからちょっと油断するとお勧めしている感じになってしまう。

それに気をつけた上で、今回は長嶋有の「泣かない女はいない」を取り上げる。

「泣かない女はいない」は、「ピサの斜塔」についての印象的な書き出しから始まる。小説全体の視座と語り手の労働観および世界観が凝縮された一節なので、そのまま引用したい。

ピサの斜塔は完成する前から既に傾き始めていたという。よくみれば塔の上部は辻褄をあわせるように少しずつ角度を変えて、なんとかまっすぐにみせようとしてある。建設に際し、多くの思惑が交錯した結果だろうか。それとも、携わった誰もがあまりにも何も考えなかったゆえの産物なのか。

おそらくは後者だろうと睦美は思う。根拠のないのに思うのは、そうであってほしいという期待があるからだ。

傾いた時点で危険だっただろう。たとえ完成したとしても、いつ倒れてしまうか分からない。それでも一からやりなおしたり、作業を中断したりすることなく完成させてしまった。理性的思考が欠如していたとしか思えない。それが倒れずに幾百年の歳月を過ごしているというのがまた愉快だ。細心の注意も、万事よろしく事を運ぼうとする抜け目なさもなく、ただ運のよさだけで立ち続けているということ。なんだかとても救われる気持ちがする。睦美はそう思いながら電車に揺られる。

(長嶋有『泣かない女はいない』河出文庫、九〜一〇頁)


ときは一九九九年の九月。主人公の澤野睦美は、新幹線の高架線路脇を走る「シャトル」に乗っている。埼玉の大宮駅から市内を南北に縦断するこの都心通勤者用シャトルは、通路を挟んだ向かいの席の人と膝がぶつかりそうになるくらい小さい。「図面の段階で寸法を一桁間違えたまま作ってしまったのではないか」と睦美は思う。さながら横倒しにされた「ピサの斜塔」だ。

睦美は毎朝、シャトルの利用者の多くとは逆に、大宮駅から郊外へ向かう下り路線に乗る。畑と林と工場と倉庫ばかりが立ち並ぶ一帯で下車し、歩いて「大下物流」の倉庫に併設された事務所に通勤する。睦美は九月から大手メーカーK電機の下請け会社である大下物流に就職したばかりだ。

この小説では、他の長嶋作品と同様、主人公の一般的・社会的な経歴はほとんど述べられない。だが、さりげなく提示される情報から、睦美が新卒ではなく三〇歳前後であると分かる。

作品内ではそんな言い方はされないが、彼女はいわゆる「団塊ジュニア世代」だ。大学に行っていれば卒業年は九〇年代前半、つまりバブル崩壊後の就職氷河期にあたる。睦美が新卒のときどんな就活をして、どこで働きなぜ辞めたのか（あるいは就職しなかったのか）は明かされないが、パン屋でのバイトを経て、また就職活動をする必要が生まれた。

時世柄、そう簡単に就職できないだろうと構えていた睦美は、二社目で内定が出て拍子抜けする。

しかしその内定の出方がおかしい。これも「ピサの斜塔」的なエピソードだ。大下物流の最終面接の日、応接室に現れた社長・横田は、睦美の筆記試験の答案をとりだすと、「こんなんじゃ駄目だから」と言って目の前で不正解の箇所に消しゴムをかけ始める。社長は「これから偉い人にみせるから」と言い、「ここに『石油輸出国機構』って書いて」と答案の改ざんを睦美に指示してくる。戸惑いとやるせなさを覚えつつ、睦美が一応従ってみると、間違いをすべて直したあとになって社長は「全問正解だとわざとらしく思えるかな」と言い始め、今度はわざと間違えた答えを三、四問つくることになる……。入社前からだいぶデタラメな職場である。社長はのちに「最初は男の子を雇ってもらうつもりだったんだけど、上からの許可がおりなくて」と悪びれず睦美に言ってしまうような人だ。

本書ではこれまで、伊井直行の議論を引きつつ、「オフィス」という場所を細かな階層と複雑なルールが入り組む「ゲームの空間」として捉えてきた。

しかしこう書くと、オフィス空間がなにか統制のとれた完璧な構築物やシステムだと言われているような気になる。それは働く人多くの実感とは異なるはずだ。

私たちがはじめ、会社に「余所者」として入りこんだときを思いだしてみればよい。仕事と組織について覚えていく過程では、「ここはなんていいかげんな場所だろう」と感じる場面がたびたび訪れなかっただろうか。

オフィスでは、一見すべてがオートマティックに動いていくように見える。しかしよく見ると、序列の転倒、統制の破綻、規範の抜け穴、権力関係の小さな裂け目がそこかしこにあり、人々はときに誰も合理性を説明できない謎の慣習のもとに働いている。

「泣かない女はいない」は、親会社と下請け・子会社、男性社員と女性一般職、正社員とパート社員といった、きわめて日本企業的な階層性を物語の枠組みとしている。しかしこの小説が肯定的な意思をもってつぶさに描写していくのは、不完全でだらしない空間としての会社・オフィスである。

冒頭の「ピサの斜塔」のイメージには、人が集まってともに働くときに生まれてしまうデタラメなグルーヴ、「不合理なオートマティズム」のようなものが仮託されている。

そして、本作の主人公・睦美は、そんないいかげんな世界でも破滅せず何とかなってしまうということに「なんだかとても救われる気持ちがする」という。

睦美がなぜそう思うようになったのかは読者には語られない。ただ、これまで生きてきた時代・時間のなかで彼女がそう思うようになったという感触は伝わってくる。

大下物流での睦美の仕事は、毎朝K電機から送られてくる膨大な伝票をチェックし、処理した伝票を（なぜかスーパーの買い物かごに入れて）倉庫に運ぶことだ。

関東で使われているK電機の製品が故障すると、修理品として大下物流の倉庫に集められ、状態を確認してから、修理部門や保管部門に送られる。

睦美が配属された伝票処理係は、彼女を含めた五名の女性社員と三名の女性パート社員で構成されている。ふだん事務所に詰めているのは彼女たちと社長の横田のみである。そのほか、敷地内の倉庫で何人かの男性社員が働いている。

日に一度、睦美が倉庫へ伝票を運ぶとき、男たちはいつも二階で働いている。睦美は鉄の網状になっている二階の床を下から見上げる格好で、はじめは靴の裏と声でしか男性社員たちを認識できない。屋根の明かり取りの光が二階の床を透けて、睦美の体にまだらの影をつくる。彼女が伝票を届ける相手は、倉庫係の班長・樋川さんだ。

大下物流の男性社員はK電機から出向してきた年輩の人間が多いのだと女子社員の一人が教えてくれた（「出向」という部分を意味ありげに発音していた）。

女子社員は皆、睦美よりも五、六歳は若い。パートは皆四十歳前後の子持ちの主婦だ。つまり職場には睦美と話の合う同世代の仲間は一人もいなかった。

仲間がいないので昼休みは散歩をした。倉庫の樋川さんの机に伝票の束を置き、パンと牛乳を持って門を出る。残暑はさほど厳しくなかったし、もとより睦美は暑いのも寒いのも気にならない質《たち》だ。

(同二〇～二一頁)

先に、この作品では睦美の一般的・社会的な経歴がほとんど語られないと書いたが、睦美がどんな人であるのかは雄弁に語られる。

例えば睦美は、気の合う同僚がいなければ、昼休みは一人で散歩にでかける。ほかの女子社員が「怖くてのぼれない」と言った屋上へのはしごに手をかけるとき、(シータは木登り平気だよね)と『天空の城ラピュタ』の台詞を心のなかでつぶやく。睦美の子どもの頃の夢は、ラーメンマン(漫画『キン肉マン』)と結婚することだった。職場のラジオで流れたハードロックバンドＫＩＳＳの曲に反応し、パート社員の佃さんに嬉しそうに話しかけられる。

この作家らしい文化的な固有名詞が、抑制される社会的な語りとは対照的に、彼女の人となりを表わすものとして豊かに語られる。それは、この小説がオフィス空間の完成されたゲーム性よりもむしろその不完全さ・ほつれを描いていくこととパラレルだ。これも「ピサの斜塔」の世界と地続きである。

「泣かない女はいない」が描くオフィスラブも、それゆえ、いくつかの奇妙で曖昧なエピソードの積み重ねからなる。睦美は樋川さんに次第に惹かれていく。

ある日、睦美は昼の散歩から引き返してくる途中で蛇を見る。蛇は地味な色の胴体で、保安林の脇道に停まっていた自動車の下から顔をのぞかせ、また車の下に入っていった。睦美が小さな興奮とともに事務所に足早に戻る場面。

無精髭の男が、睦美の働く三階にきていた。作業服姿だから、倉庫の人だろう。客用の薄いスリッパをつっかけている。同僚の女の子たちは応接室でおしゃべりをしていた。来客などほとんどないので、応接室が女子社員たちの休憩所になっている。

蛇をみたと睦美がいうと、女の子たちは目を丸くして「えーっ」「ほんとうですか」などと騒ぎはじめた。側にいた無精髭の男は顔色一つ変えずに「どこで」といった。睦美が場所を説明すると「ふーん」といって素早く階段を降りていった。まるで今すぐにその蛇を捕まえにでもいくかのような動きだった。女の子たちは興味深げなような、興ざめなようなあいまいな表情で仕事に戻っていった。

睦美は窓から、遠ざかっていく男の背中をみた。

「あの人は?」

「樋川さんだよ。倉庫係の班長」
あの人が靴底の人か。睦美はふうんと息をついた。
夕方になって、いつも倉庫でゴトウと呼ばれている若い男が「樋川さんきていませんか」と探しにやってきたので、樋川さんが蛇をとりにいったのではないかという気が睦美の中でますます強まった。

（同二四〜二五頁）

睦美には三年間同棲している恋人・四郎がいる。四郎は少し前に勤め先をリストラされ、自室でパソコンをいじる毎日を送っている。昼間見た蛇のことを四郎に話すが、「ふーん」と言われるだけだ。睦美は一人布団の中で目を閉じてから、無表情のまま蛇をとりに林に分け行っていく樋川さんの姿を想像する。

睦美が昼休みに敷地の外へ散歩に出かけるように、樋川さんも休憩時間には事務所の屋上にのぼっている。渡し物があって屋上に上がると、樋川さんは、睦美が昼休みにいつも「陽炎の中にすいこまれるように遠ざかっていくのをみてた」と言う。

大下物流の忘年会二次会のカラオケで、皆から歌うようにせめられ、樋川さんはボブ・

マーリーの「NO WOMAN NO CRY」を歌う。タイトルの意味を聞かれ樋川さんが言った「泣かない女はいない」という言葉に、睦美は意味も分からずどきりとする。

雪でほとんど誰も出社してこなかった年末のある日、倉庫でフォークリフトの操作を教わりながら、睦美はふいに「いつのまにか自分はずいぶんこの職場の人間を好きになっている」と気づく。彼らとはプライベートで遊んだことも、個人的な打ち明け話をしたこともない。毎日同じ空間で働いているというだけの関係なのに、不思議だ。

睦美のこの気づきは、「同僚」という存在の核心をついていると思う。

同僚は、時に味方であり、たまに敵にもなるが、大半の時間はただ近くに存在する人だ。毎日同じ空間にいるから、職業人として与えられた役割からも、世間的な属性からもはみ出す、その人固有の細部が見えてくる。はじめそれらはノイズであり、よそよそしく鬱陶しい。しかし時間がたつと、同僚の発するノイズを認めることができるようになる。それは同時に、自分がその空間に認められていると感じた、ということではないか。

睦美が自分の恋心に気づくのはだいぶ遅い。彼女にとってこの郊外の仕事場と同僚は馴染のない、それゆえ興味深い観察対象だった。睦美は自分が同僚を好きになっていることに驚いたあとで、樋川さんへの恋心に気づく。はじめは違和感と不思議さしかなかったのに、いつのまにか自分も「ピサの斜塔」の一部になっていたことに戸惑う。

一九九九年から二〇〇〇年に替わるころ、のんびりしていた大下物流の倉庫兼事務所に「改革」の波が押し寄せる。

一〇時半と一五時半に一〇分ずつの「おやつ休憩」があるなど、睦美から見ても牧歌的すぎるオフィスだったが、K電機本社から不採算部門と見なされ、事務員のリストラが決まり、年明けにはK電機への吸収合併が発表される。気の小さい社長の横田は合併後の事務所では係長になり、本社から感じの悪い新所長がやってくる。この男こそ、睦美が筆記試験の答案を改ざんさせられた理由の「偉い人」だ。

新所長が最初に行った「改革」は、毎日の朝礼でK電機の社是を全従業員に復唱させることだった（しかし「おやつ休憩」はなぜか生き延びた）。

職場には一気に秩序がもたらされた。女子社員たちは口々に「転職しようかな」と言い始める。睦美は「本来あまねく会社組織というものはこれぐらい窮屈なものではないかという気がした」。やはり睦美は、新卒後に働いた会社でそれなりにしんどい経験をしたのではないかと私は思う。そうでなければ、睦美がこれほど会社組織というものの細部を観察できる視点をもつ背景が説明できない。

本作が明示的には避けてきた社会的な語りを少しだけする。

この時期、日本では金融機関や証券会社がバタバタと経営破綻していった。労働分野の大きな動きでは、一九九五年に出された日経連「新時代の『日本的経営』」を皮切りに、九〇年代後半は従来の「日本型雇用」(終身雇用・年功序列・企業内労働組合)の解体が叫ばれた時代だ。一九九九年には小渕政権のもとで派遣労働の原則自由化が行われ、リストラ支援のための「産業再生法」が制定される。バブル崩壊後の「失われた一〇年」のただなかで、現在につながるギスギスした人件費カットとデフレマインドの土台を作った時期である。

おそらくその時期に、樋川さんは「電話恐怖症」でK電機から左遷されたという噂だ。「出向」という言葉の含みはそれだったらしい。樋川さん自身も「能力がない」ために左遷されたんだと睦美に語ったことがある。

樋川さんの電話恐怖症エピソードは何パターンもある。家族が行方不明になったときに電話を待ち続けて恐怖症になったという説。歴史的な大失恋が原因という説。K電機の苦情受付係をしていてノイローゼになったという説。睦美はどれも、飄々とした樋川さんの実像とはかけ離れた風説だと思うが、確かに樋川さんが電話をとっている姿を見たことはなかった。

この小説のラストは切ない。

「改革」された大下物流から同僚たちが去っていく。睦美は、四郎に別れを切り出したあと、風邪で数日間寝込んだ。まだ樋川さんには自分の気持ちを打ち明けられずにいた。

病み上がりの朝、家で桜開花のニュースを見ながら、睦美は「蛇穴を出づ」という言葉を思い出す。いつもより一時間以上早く出社すると、事務所にはまだ誰も来ていなかったが、倉庫の扉は開いていた。

そのとき睦美の正面のシャッターがみしみしと音を立てて開いた。後藤君がフォークリフトに乗って登場した、荷物運搬用のエレベーターだ。

シャッターが上がりきったが、中には誰も乗っていなかった。睦美が戸惑っていると上から「乗って乗って」という声がふってきた。樋川さんの声だ。

睦美が広すぎるエレベーターに乗り込むと、またみしみしと音を立ててゆっくりとシャッターは閉じた。物々しい金属音が再び響き、エレベーターが動き出す。二階でとまると、シャッターを樋川さんが今度は手で開けてくれた。

二階にくるのははじめてだね、と樋川さんはいった。ウェルカム、というような響き。屋上ではじめて会ったときと同じ。

樋川さんはいつも歩いているのと同じ足取りで二階をゆっくりと歩いた。

「ずっとここで君を見下ろしていたなあ」

「ずっとみあげていました」

「あのとき車で言いそびれたんだけどさ、仕事やめるんだよ」知ってます。

「まるで引き留められなかったから、所長の動かしやすい若いのが派遣されてくるのかもしれないな」そうですね。睦美は上をみた。天井が近い。春の陽光が照っている。体にまだら模様もできない。

「たまっていた有休を全部使わせてもらうことにしたから、急だけどもうこれでお別れなんだ」

「はい」頷くと、樋川さんは意外そうに口をつぐんだ。

私、樋川さんのことが好きなんですよ。そういわなければ。四郎には打ち明けて、ここで今いわないなんて。

(同一〇八～一〇九頁)


睦美は樋川さんに想いを告げられるだろうか。ここまできて言わないなんて選択肢はない、と読者は思うかもしれない。

「泣かない女はいない」は、オフィスで疎外されていたはずの私たちが、同僚をいつのまにか好きになってしまう不思議さを淡々と語る小説だ。同時に本作は、同じオフィスで働く私たちが「同僚以上」の関係になることのむずかしさを描いている。

近代家族と父娘関係の切なさについて

源氏鶏太

『最高殊勲婦人』

講談社、1959年／ちくま文庫、2016年

昭和の高度経済成長期に「サラリーマン小説」というジャンルを開拓した人気小説家がいた。源氏鶏太《げんじけいた》（一九一二－一九八五）である。最近、獅子文六《ししぶんろく》と並んでちくま文庫から復刊が続いている。今回はその一冊、一九五八年から五九年にかけて週刊誌に連載された源氏鶏太の「最高殊勲《しゅくん》夫人」を取り上げる。「昭和のラブコメ」と帯で謳われた本作は、オフィスラブ小説の「原型」のような長編小説である。

この物語のヒロインは、二一歳になる野々宮家の美しい三女・杏子《きょうこ》だ。父親の野々宮林太郎は、勤続約三二年になるサラリーマンである。当時一般的だった定年年齢の五五歳を翌年に控え、再就職先探しに苦慮していた。

高円寺で暮らす野々宮家は、妻の杉子と長女・桃子、次女・梨子、三女・杏子、高校生の長男・楢雄の六人家族。野々宮家ではこの三年のうちに桃子に続いて梨子がお嫁にいった。それも、三原家の三兄弟の長男と次男にそれぞれ嫁いだのだ。その経緯はこうだ。

長女の桃子は、東京・丸の内にある三原商事に秘書として勤務していたとき、創業者社長の長男で営業部長だった一郎と恋仲になり、結婚した。その後、社長が急逝し、一郎が社長になった。つまり桃子は三原商事の「社長夫人」になった。次女・梨子も姉の後任として秘書室に勤務すると、一郎の弟で専務取締役の次郎と恋仲になり、結婚する運びになった。

梨子の結婚話を聞かされたとき、林太郎は、次郎の人柄も認め、良縁であるかもしれないと思いながら、内心では秘かな「恐れ」を抱いていた。それはこの結婚が外見上、いわゆる「玉の輿」に見えはしないか、ということだ。

三原商事といえば、丸の内にあって、一流でないまでも、二流の上の部に属している会社である。が、林太郎は、大洋化学工業株式会社の経理課長に過ぎなかった。一介のサラリーマンなのである。そんなサラリーマンの娘が、二人までも、三原商事の一族と結婚するということは、如何《いか》にも、そのことを計画的に狙ったようで、痛くない腹までを探られそうで嫌だった。

林太郎は、梨子を、勤めに出すとき、こういう結果になろうとは、夢想だにしなかったのである。にもかかわらず、桃子の結婚の時ですら、

「これで、君は、停年後も安心だね。」

と、同僚からいわれた。

「何故?」

「三原商事の嘱託《しょくたく》ということにして、遊んでいても、月給が貰えるじゃアないか。結構なご身分だよ。」

林太郎は、珍らしく、憤然としていった。

「冗談もいい加減にしてくれたまえ。僕には、そんなさもしい気持は、毛頭もないんだ。娘は娘、親は親だからね。」

林太郎は、そのときのことを思い出していた。これで、梨子と次郎を結婚させたら、更に、何をいわれるか、わかったもんではないのである。

しかし、林太郎は、決心した。娘は娘なのだ。そのために、自分が世間から何んといわれようが、一向にかまわないのだ、と。


（源氏鶏太『最高殊勲夫人』ちくま文庫、一六～一七頁）


こうして、野々宮家三姉妹と三原家三兄弟のうち、それぞれ上の二人どうしが結婚した。周囲は冗談まじりに、杏子と、三原家三男で八重洲にある大島商事で働く三郎との結婚をささやくようになる。

そしてそれを最も野心的に目論んでいるのが桃子である。桃子は、杏子を三郎に嫁がせ、「玉の輿三重奏」を完成させるという計略を持っていた。いまや「社長夫人」としての貫禄を備え、夫への絶大な影響力を持つ桃子は、あの手この手で杏子と三郎をくっつけようと画策する。

だが当の本人たち、杏子と三郎はそれに気づいている。二人が三郎の行きつけの「銀座のバア」に初めて入る場面で、この古典的ラブコメの「お約束」が示される。

「しかし、桃子嫂さんは、どうやら、それを狙っているらしい。要するに、あのひとは、世界制覇をたくらんでいるんだ。」

「世界制覇?」

「僕は、前から兄貴に、三原商事へ戻ってこい、といわれている。その上、君と結婚してみろ。桃子嫂さんは、兄貴より偉いんだから、即ち、世界制覇だ。」

「で、何か、思いあたることがあるの?」

「今日だって、君のことを、気のやさしい娘だから、ぜひ、交際してみろと、いやに積極的だったし、梨子嫂さんの話がきまったとき、冗談まじりに、君と結婚しないか、といわれたような気がする。」

「あたしだって、桃子姉さんに、三郎さんと強引に結婚させて、一生、威張り散らしてやるわよ、といわれたわ。」

「危い、危い。」

「そうよ。」

そのあと、二人は、ふっと、黙り込んだ。しかし、やがて、その沈黙に堪えられなくなったように、三郎がいった。

「とにかく、桃子嫂さんは、女傑だからな。権謀術数《けんぼうじゅつすう》にたけている。だから、こちらも、対策が必要だ。」

「何んとか、方法がある?」

「要するに、二人は、どんなことがあっても、結婚しなければいいんだ。」

「あたしに、そんな気は、すこしもないのよ、悪いけど。」


(同三五〜三六頁)

利発な杏子は恋人がいると嘘をつき、大島商事社長の娘との縁談がある三郎と協力して、自分たちの結婚=「桃子の世界制覇」が実現しないよう共闘する。林太郎だって「娘は娘だ」と何度も自分に言い聞かせてはいるが、もう「玉の輿」だと揶揄されたくない。

杏子と三郎の関係について様々な思惑が交差するなか、杏子にも三原商事に秘書として勤めないかという話がやってくる。もちろんこれは三郎を三原商事に戻して杏子とくっつけたい桃子の差し金だ。それを承知の上で、お花やお茶を習いにいくだけで毎日家にいることに飽き飽きしていた杏子は、「実社会に、直接、触れてみたかった」という理由から勤務を決める。また、杏子の胸の奥にはもう一つ、「恋人がほしい」という動機があった。「結婚前の娘」としての実家暮らしでは、恋人などできようがない。

丸の内の三原商事で社長秘書として働き始めると、杏子の世界はガラっと変わる。社内の男性社員たちや三郎の親友のシティボーイ・風間圭吉、三郎のガールフレンドである社長令嬢・大島富士子や兄の武久など、魅力的な男女と交友を深めていく。そして、杏子と三郎それぞれに別の結婚話が動き出す頃、二人はお互いに惹かれ合っていることに気づいてしまう……。

本作を読んでいると、一九五〇年代後半の東京のオフィスライフを追体験しているようで楽しい。「丸の内ＯＬ」になった杏子が、秘書業務を教えてくれた先輩の男性社員・宇野に、銀座のとんかつ屋へ連れていかれる場面が好きだ。

銀座のとんかつ屋の一階の腰掛席は、満員であった。二人は、二階のお座敷へ上った。

「二階だって、値段にかわりはないんです。」

宇野は、ちゃんと知っていた。

尤も、二階のお座敷といったところで、追い込みなのである。衝立《ついたて》で仕切って、いくつものテエブルが並べてあった。誰も彼も、気楽に笑ったり話したりしながら食べている。杏子は、就職祝に、桃子から、同じ銀座の高級レストランでご馳走になったときのことを思い出していた。あの雰囲気は、あまりにも貴族的であった。杏子は、自分には、絶対、この方がいい、と思っていた。
（同一一二頁）

小説には、杏子の初任給が八〇〇〇円で、この店のとんかつ定食は二〇〇円だと書かれている。人事院「職種別民間給与実態調査」によれば、一九五八年の大卒事務員の平均初任給は一万四五〇円。いまの感覚では、この店だってとても庶民的とは言いがたい。だが杏子が感じている、自分の給料で同僚と好きなものを食べる新鮮さや喜びは、女性の「家」からの経済的自立が普通になった六十年後の私たちにとっても変わらずリアルである。杏子はこの店を気に入り、父親や三郎を連れて何度も食べにくる。

「銀座のバア」で三郎が飲むハイボウル、マニキュアを塗った富士子が注文するジンフィーズなども、東京の風俗として読者の憧れを誘っただろう。

同じことは、見事「玉の輿」を実現した桃子と梨子の暮らしぶりにも言える。

桃子は、芝のNアパートの九階にある梨子の部屋を訪れた。絨毯《じゅうたん》を敷いた洋間に和室、その他、手洗所、炊事場、風呂場がついている。テレビ、電気冷蔵庫、電気洗濯機から電気掃除機まで揃っている。

桃子は、ここへくるたびに、梨子が、かりに、身分相応の安サラリーマンと結婚していたら、とうてい、こんな豪勢な生活が出来なかったのだ、ということを思うのであった。今更、恩に被《き》せるわけではないが、すべて、自分のお陰なのである。もし、自分のあとへ梨子を秘書としてすいせんしてやらなかったら、今頃、梨子は、せいぜい、四畳半一間の安アパートで暮していたに違いない。

（同一二九〜一三〇頁）

社会科の教科書で習った、高度経済成長期の「三種の神器」が出てくる。当時の「サラリーマン小説」は、日本中の人々が都市のモダンな暮らしに触れられるメディアでもあったはずだ。

日本の高度成長期の「サラリーマン」像は、少なからず、源氏の書いた膨大な小説とその映画化の影響を受けていると言われている。

源氏は、作家として本格的に活動を始めた一九五〇年以降の二五年間で、八三編の長編小説と三〇〇編近い短編小説を書いた。映画化された作品は八〇本を超えている。恐ろしい仕事量だ。

本作の映画化も単行本刊行と同時、一九五九年二月公開という異様なスピード感で制作された。監督はスタイリッシュな画面構成と軽快な会話劇で人気のあった大映の増村保造で、主演の杏子役は同じく大映の看板女優・若尾文子。スタッフ・キャストともに当時のスター勢揃いの趣である。

一方で、疑問も残る。

いくら高度成長期に都市サラリーマン的生き方が社会の主流になったとはいえ、そこには厳然とした労働者間の格差があったはずだ。東京の上流サラリーマン社会、しかもその上澄みである「玉の輿」を描いた本作が、どうして日本中でベストセラーになったのだろう。そこには、単なるトレンドを超えた別の普遍性があったのではないか。

ここからは、ただの私の推測でしかない。「最高殊勲夫人」におけるそれは、おそらく林太郎と杏子の「父と娘の物語」である。

私がそう考える理由の一つに、戦中・戦後から高度成長期にかけて活躍した映画監督・小津安二郎の作品群がある。小津は『晩春』(一九四九年)や『麦秋』(一九五一年)などの後期代表作で、「娘の結婚」を通じて揺れ動く父娘関係を描き続けた。

多くの小津映画で父親像を担った笠智衆《りゅうちしゅう》は、「日本の頑固親父」とはほど遠いキャラクターだ。娘の婚姻を自ら差配するような封建的な家長ではない。父親の職業は学者であったりサラリーマンであったり、生活に苦労しない経済力をもつインテリ階層ではあるが、それでもただの雇われ人である。一家の大黒柱として働きつつも、娘や婿に継がせるべき家業があるわけではない。

戦争の影を背負う世代として、大事に育てた娘に経済的な苦労をさせたくないと願うが、親が勝手に結婚相手を決める時代ではなくなりつつあることも理解している。だから娘の配偶者の選択について語るべき言葉を持っていない。ただ娘の幸せを切に願っている。それが切ない。

『晩春』の父娘関係を母娘関係に置き換えたといわれる小津の『秋日和』（一九六〇年）では、夫を亡くした母親の再婚話に拒絶反応をみせる娘・アヤ子（司葉子）を、親友の百合子（岡田茉莉子）がこう諭す。

「平気よ。お母さんはお母さんでいいじゃないの」

この台詞は、林太郎の「娘は娘なのだ」というつぶやきと響きあっている。この時代には、親も子も、互いが独立した「個人」であるという新しい理念を苦労して咀嚼していたのかもしれない。

「最高殊勲夫人」の時代よりさらに遡ってみよう。

日本では現行憲法が施行されるまで、一八九八年公布の「明治民法」で家父長制つまり

「家制度」に近代法としての根拠が与えられていた。そのなかには子どもの結婚の家長（父親）による同意要件があった。

「会社」ができ、労働者として雇用される働き方が一般的になるまでは、「家」が生産拠点であり、経済活動の基本単位だった。それゆえ、子どもの結婚は「家」の生存戦略・経営判断のなかで最も重要なイベントだった。

家族社会学者の筒井淳也は、この明治民法のもとでの家制度と、産業革命以後に工業化を遂げた現代の日本の「会社」との連続性について、次のように指摘している。

こうしてみると、明治民法のもとでの家制度は、日本の会社とちょっと似ているところがあります。家長（＝社長）が権限を持ち、家族員（＝社員）がどこに住むのか（＝どこで勤務するのか）を決めるのです。そして、家族員（＝社員）に誰を入れるのかについても、権限を持っています。

（筒井淳也『結婚と家族のこれから　共働き社会の限界』光文社新書、二〇一六年、四四頁）

たしかに、本作に描かれる三原商事の三兄弟の公私混同ぶりや「社長夫人」桃子の暗躍は、家制度の延長としての「日本の会社」そのものである。

他方、本作の陰の主役である林太郎は、勤め先から定年より前に閑職である「参事」に追いやられている。娘二人が参入した三原家など経営層とは一線を画する存在だ。

林太郎は、娘の婚姻に乗じて上の階層へ上ることを拒むという「中流」としての矜持を持っている。だからこそ、誰よりも可愛がっている三女・杏子の結婚について語るべき言葉を持たないのだ。「娘は娘」というつぶやきに込められたこの切ない父親像こそが、人々が共感できるリアルな「近代」だったのではないか。

また、社長夫人・桃子のヴィラン（悪役）としての魅力も見逃せない。物語は桃子の独裁・独断によって大きく動いていく。

ディズニープリンセス映画におけるヴィランは、主人公のプリンセスと王子様がくっつかないように奔走するが、桃子は反対に、主人公たちを無理やりくっつけようと奮闘し、そのために彼らから謀反を起こされるヴィランである。その対照も面白い。

庶民階級のサラリーマンの娘である桃子は、必死に上流階級としての振る舞いを身につけようとする。しかしそこにはやはりどこか無理がある。大島家の御曹司・武久が杏子に交際を申し込んだと聞き、計画が崩れると青ざめた桃子が大島家の千代子夫人に直談判しにいく場面もひりひりと痛い。このとき桃子は相手に格の違いを見せつけられ、燃えるような屈辱を感じる。

桃子には、秘書として三島商事に入ったときから、労働者として出世するという選択肢は微塵も存在しなかった。たまたま恋愛によって「玉の輿」を実現したあと、杏子や三郎、父の林太郎、そして夫である一郎からも強欲で厚かましい女として扱われる。

だが、もし桃子が現代に生きていたらどうだっただろうか。「夫人」という肩書きの根本的な弱さに甘んじることなく、きっと労働者としてのし上がっていっただろうと私は想像する。

「最高殊勲夫人」は、娘の結婚シーンで始まり、娘の結婚シーンで終わる。

はじめに書いたが、現代の結婚披露宴では新郎と新婦双方の会社の上司による「部下プレゼン」バトルが繰り広げられることがある。〝新郎／新婦は、将来にわたって家族を養う賃金を受け取ることが約束された有望な労働者です〟という趣旨をそれぞれの上司が婉曲的に説明する、あの時間だ。

自由恋愛を経て共働きすると宣言した、学歴・社会階層の近い夫婦において、なぜあれが今でも行われているのか私は不思議に思っていた。あの部下プレゼンは、会社員の夫&専業主婦の妻という社会学でいう「近代家族」の型を踏襲するものではないか。それを慣例的に引きずり、夫婦双方の上司がやることは、この「共働き社会」では単に滑稽なだけなのでは？――私の違和感を言葉にするとそんな感じだ。

しかしあらためて足元を見れば、あれがまったく無意味で形骸化したものであるとも言いきれない。

私は、働く友人たちが「彼の収入が不安定で……」と親への紹介に踏み切れないと嘆くのをときどき聞く。結婚相手に収入の安定を期待するのは私たちの世代でも普通だ。互いにフルタイムの仕事を持ち、結婚後も仕事を続ける意思があっても、経済的リスクを避けたいという事情はそう変わらない。

日本の労働環境ではいまだに、結婚・出産といったライフイベントごとに会社がとつぜん労働者に牙をむき、容赦ない不利益を与えてくる。職場に一度根づいてしまったセクシズムは、法制度や啓発により表面上はとりのぞかれても、ふとした瞬間に顔を出す。

そのことを知る現代の娘の親たちはもしかすると、「家制度」と「近代家族」の間で煩悶していた林太郎の「怖れ」と似た不安を抱えているのかもしれない。

それは、「近代家族」から「共働き社会」への移行期における不安だ。

娘が結婚後も仕事を持ち、経済的に自立した夫婦関係を築くことを応援しながらも、もしそれが困難になった場合でも生きていけるよう、娘の結婚相手には「家族を養える収入」を期待する。だが皮肉なことに、そうした高収入を得られる正社員の仕事とはたいていの場合、仕事と家庭生活の両立が難しい長時間労働・高拘束・全国転勤の仕事であり、近代家族的な片稼ぎ／専業主婦モデルが前提になっている。

つまり、現代にいたっても何が正解なのかは分からない。親が娘の配偶者選択に対してかけるべき言葉はほとんどない。林太郎や小津映画の笠智衆と同じく、ただ「幸せになってほしい」という切なる願いがあるだけである。

私たちは、「共働き社会」のほうへ向かっておそるおそる歩いていきながら、背中には今でも「近代家族」の切なさをずっしりと背負っているのだ。

東京ラブストーリーの貞操をめぐる闘争

柴門ふみ
『東京ラブストーリー』
全四巻、小学館、1990〜91年

私は小学生の頃、よく仮病で学校を休んでいた。

共働きの両親が出かけるのを布団のなかから見送ったあと、近くのコンビニに好きな菓子を買いに行き、家でひとりテレビを観たりゲームをしたりして過ごす。そして、夕方から始まるテレビドラマ「東京ラブストーリー」の再放送を熱心に観ていた。オープニング曲の「ラブ・ストーリーは突然に」(小田和正)を声変わりする前の声で一緒に歌う、そんな感じの子どもだった。

「月9」ブームに火をつけた「東京ラブストーリー」の放送は一九九一年一～三月。主人公のリカ(鈴木保奈美)がカンチ(織田裕二)に呼びかける「ねえ、セックスしよ!」は、いまも語り継がれる名台詞だ。

一九八四年生まれの私は、年齢的にも内容的にもリアルタイムの放送では観られなかった。私が観たのは一九九四年頃の再放送だったと思う。当時、夕方の時間帯には人気テレビドラマの再放送が繰り返し流れていた。

いまにして思えば、一〇歳かそこらで観た「東京ラブストーリー」こそ、私がオフィスラブなるものに関心をもつ原点だった。原点回帰というきわめて個人的な理由から、今回は番外編として、ドラマの原作である柴門ふみの漫画作品「東京ラブストーリー」を読んでいきたい。

ドラマ版は、当時二〇代前半だった駆け出しの脚本家・坂元裕二独特のロマンスが色濃く織り込まれている。原作とは設定も展開も異なる部分が多いため、今回は原作を扱う。原作が週刊漫画誌「ビッグコミックスピリッツ」に連載されていた一九八九〜九〇年は、短く儚かった「バブル期」の頂点にあたる時代だ。いまの人々の労働観・恋愛観へとつながる曲がり角の時期であり、当時の東京のオフィスラブ模様を知る上でも重要な作品である。

「東京ラブストーリー」は、まず何よりも「上京」の物語だ。主な登場人物四人のうち三人が愛媛の高校の同級生である。

主人公の一人・永尾完治《かんじ》は、地元愛媛の大学に進み、教授のコネで東京の調査・コンサル系の会社に就職する。意気揚々と上京してみれば、そこは社長以下社員八名の小さな事務所だった。

完治は実直な性格で、「最初は東京コンプレックスもってた」が、東京のやつらには負けないという向上心も秘めている。愛媛の実家では伝書鳩を飼っていた自然が好きな優しい青年で、友情に篤く、もともと恋愛には奥手なタイプだ。

完治が就職した和賀事務所唯一の女性社員が、もう一人の主人公・赤名リカだ。社長である和賀の愛人と社内で噂されるリカは、新人の完治を可愛がり、すぐに「カンチ」というあだ名で呼ぶようになる。リカは明るく奔放な性格で、気持ちのおもむくままに恋愛とセックスを楽しむ恋多き女だ。幼少期から一一歳までをアフリカ・ジンバブエで過ごした帰国子女でもある。

リカは社内で完治に「キスして」とせがむなど、ことあるごとにちょっかいを出す。完治は当初、完全にひいていて「このテの女に深入りしたくない」と思う。「このテの女」とは、近年の言い方では「ビッチ」ということになるだろうか。

完治は東京で高校時代の同級生、三上健一と関口さとみに再会する。この二人が残りの主人公だ。

三上は地元愛媛の資産家の息子で、東京の医大に通う容姿端正なプレイボーイ。渋谷のマンションで一人暮らしをし、いつも部屋に違う女性を連れ込んでいる。

一方の関口さとみは、高校時代は「学級委員でバレー部、美人で性格もいい」。完治の憧れの人で、いまは東京で幼稚園の先生をしている、いわゆる「良妻賢母」タイプの女性だ。さとみは「いい加減な気持ちで、いい加減につきあうのは嫌なの」と言い、二三歳になるまで恋人がおらず処女であることが示唆される。

話の後半には三上の恋人として医学部の同級生・長崎尚子が重要な役割を果たすが、「東京ラブストーリー」の基本的な枠組みは、完治とリカ、三上とさとみという男女四人の関係性の変化の物語だ。

完治は、リカの積極的なアプローチをかわしながら、再会した昔のマドンナ・さとみへの思いを再燃させ、付き合ってほしいと告白する。しかし、さとみが反発しつつも恋をしている相手は三上だった。完治は失恋し、トレンド調査の仕事に打ち込むうちに、避けていたはずのリカの人柄や生い立ちに興味をもつようになる。

リカ「生まれて11年目に、いきなり日本に戻ってきたわけ」「裸足の足に無理矢理、靴をはめこまれてさ」
完治「いじめられた?」
リカ「『アフリカ人』てはやしたてるのは、序の口」
完治「……で? ほかにどんないじわるされた?」
リカ「…………」「カツアイ。とても口に出して言えない」「……で まあ、とりあえずグレようと思ったんだけど」
完治「グレる?」

リカ「今までのやり方をねじまげて生きるよりは、破滅をめざそうと思ったんだけど……」『きみ、変わらなくていいよ』って言ったわけ」
完治「誰が？」
リカ「当時のあたしの日本語家庭教師」
完治「それが赤名リカの初恋の男！」
リカ「違うわ!!」「初恋じゃない！　アイデンティティよ!!」（中略）「そんな一言にでもすがらなきゃ生きてゆけなかった……」
（柴門ふみ『東京ラブストーリー』小学館、第一巻、一七一〜一七二頁）

完治がリカの背景を知るこの場面のあと、リカは二週間の長期休暇をとってアフリカへ行く。その間にさとみと三上が付き合い始めたことを知り、完治はさらに落ち込む。

リカは、都市化が急速に進んだ故郷ジンバブエをみて、その変わり様に驚いて帰ってくる。「あたしの慣れ親しんだ草原は、もう記憶の中にしか存在しないみたい」「そこで……」「ま、あたしも近代化しようと思って」。故郷喪失者となったリカは、以前にまして仕事に打ち込むようになる。

かの有名な「ねえ、セックスしよ！」は、そうしたタイミングで出てくる。自由で動物的でありながら都会的な女として描かれるリカの、性的自己決定の象徴のように記憶される台詞だ。

だが、女子漫画研究者のトミヤマユキコが指摘するように（注4）、この台詞が表している状況はそれほど単純ではない。

リカは、担当した接待の席で、完治が席を外している間に取引先から強制わいせつに等しいセクハラにあう。それまでのリカであれば相手を殴っているような状況だが、「近代化」することを自分に課していた彼女は自らを殺してそれに耐え、新規契約を取りつける。接待が終わったあと、その最悪な気分を解消するという口実で、リカは完治に「ねえ、セックスしよ！」と持ちかける。ちなみに、ドラマ版ではこの接待中のセクハラという重要なエピソードは捨象され、同じセクハラだが、社内で性的中傷の噂を流される別の話に代替されている。

仕事や接待の席で女性が受けるセクハラや性暴力について、当時のリアルを反映したシーンであることは確かだろう。だが、現在の私たちから見れば、接待の場でのリカの行動は「近代化」とは反対方向の努力だ。一見新しい時代を象徴するようで、その実「旧弊な女」であるとのトミヤマの批判はもっともである。

注4
トミヤマユキコ「労働系女子マンガ論！」第7回「『東京ラブストーリー』柴門ふみ～「カンチ、セックスしよ！」の向こう側にあるもの」（前編）マガジンtab（http://tababooks.com/tbinfo/roudoukei7）

一方で物語の上では、このとき完治がリカの誘いに乗ったことが二人が恋人関係になる重要な契機となる。接待のあとに入ったホテルから出て、深夜の街を歩いていく場面。

リカ「カンチは『愛』とか『責任』とか考えてんじゃないの？」
完治「そういう部分もあるかもしれない」
リカ「そんなのいらないわ、よけいなことよ」
完治「(え⁉)」
(中略)
リカ「送ってくれなくてもいいわよ」
完治「そうじゃなくて……ひとつ聞いていい？」
リカ「なに？」
完治「今日、赤名さんはどういうつもりで俺を……」
リカ「カンチが、どんな顔して女抱くのか見てみたかった」(中略)「よかったよ、かわいかった。一生懸命、１００ｍ全力疾走の少年の顔！」
(同第二巻、六〜七頁)

こう言われて、完治は戸惑い傷つく。完治が想像していた女性の欲望とは異なる欲望を自分に向けられたためだろう。
ステディな関係（「愛」とか「責任」とか）に向けて捧げるものでも、オーガズムを得るためだけのものでもないセックス。「どんな顔して女抱くのか見てみたかった」というリカの欲望は、物語の後半にもう一度出てくる。

話が横道にそれるが、このリカの言葉は、二〇一七年に日本で公開された映画『20センチュリー・ウーマン』（マイク・ミルズ監督・脚本、二〇一六年）のある場面を想起させる。主人公の一五歳の少年ジェイミー（ルーカス・ジェイド・ズマン）は、思いを寄せる二つ上の親友のジュリー（エル・ファニング）に、女の子にとってオーガズムとはどんなものかとたずねる。ジュリーはたくさんの男の子たちとセックスし、その様子をジェイミーに逐一報告する女の子だ。だけど同じベッドで寝るジェイミーとは「セックスをしたら友情は終わり」と言って決して性的関係をもたない。周囲の女性たちからフェミニズムの薫陶を受けていたジェイミーが、女性の性的欲望を尊重すべしという生真面目な顔でそう訊くと、ジュリーからは「オーガズムは感じない」という予想してなかった答えが返ってくる。

じゃあなんでどうでもいい男とセックスなんてするの？

ジュリーはこう言う。

「相手の私を見る目や、カッコ悪いほど必死な姿、あの声。それに相手の体を隅々までよく見られる。においも感触もいい」。その答えにジェイミーはちょっとだけ絶句する。

彼女がこだわり守ろうとしている自身の「性」は、セックスはセックスであって、愛とも、オーガズムとも別のものでありうるということだ。『20センチュリー・ウーマン』の舞台は一九七九年のアメリカ西海岸。一九六二年生まれのジュリーは、実は「東京ラブストーリー」のリカとほぼ同世代である。彼女たちはセックスについて共通した価値観を語っているように思える。

「ねえ、セックスしよ！」という言葉の文脈だけを見ても分かるように、リカというキャラクターは両義的な存在である。これは一つには、リカが体現しているとされる「自由」が、周囲の男たちが彼女に投影する幻想だからだ。

それが露骨に語られているのが、事務所の社長・和賀が、（パナソニックを思わせる）「梅下電気」を辞めて独立した理由をタクシーのなかで完治に話す場面である。

——完治「社長はなんで梅下電気をやめたんです？」

和賀「人間関係に息が詰まった、派閥間の抗争とか……」「外に出て、思い切り深呼吸したかった」「大企業にはメリットがある、やっぱり大きいとこは強い。利用すればでかいこともできるし、やりがいもある。しかし、もっと自由に自分の力だけを試してみたかった」「………」
完治「………」
和賀「赤名リカはいいよ」
完治「え？」
和賀「あの娘を見てると、ハッとさせられる」「なにもとらわれず自由に生きてる。空を舞う野鳥と同じだ」「人間は本来そうあるべきじゃないか？」「彼女を見てると刺激される……」「いい女だと思わないか？」

（同第一巻、四〇〜四一頁）

和賀の言葉は、大企業のなかで企業戦士として戦う不自由さや苦しさの話から、いきなり「いい女」「自由な女」であるリカの話に直結する。リカには、日本型労働社会の牢獄にいる男たちの欲する「自由」が、オフィスラブというフィルターを通して一方的に投影されているのである。

完治もまた、リカに幻想を見ている。それは和賀よりもさらに錯綜した「自由」のイメージだ。完治にとってリカとは、愛媛の高校時代に自殺した性的に奔放な同級生・田々井アズサであり、実家で飼っていた自由に空を舞っては戻ってくる鳩であり、気まぐれでわがまま、刺激的ゆえに疲れる「東京」という都会そのものでもある。望郷の思いと都会での生活が混然一体となってリカに投影されている。

完治とリカは最初のセックスのあと、なし崩し的に付き合い始める。ここから「東京ラブストーリー」の主題が本格的に展開されることになる。

完治とリカ、三上とさとみの二組のカップルは、貞淑と奔放、本命と浮気という対照的な貞操観の鏡合わせになっている。この物語が「自由」というキーワードの周りをぐるぐると旋回しながら描いていくのは、セックスと、結婚へ通じる恋愛（ロマンティック・ラブ）との関係についてだ。

さとみはドン・ファンのような三上の浮気と他の女の影に何度も苦しみ、完治もまたリカの性的奔放さやセックスの「軽さ」に苦悩する。さとみは信頼する完治に「男はどうして浮気するの？」と問うが、完治ものちに「女はどうして浮気をするんだ？」とさとみにすがるように聞く。

バブル期のトレンディなイメージとは裏腹に、「貞操」、そして浮気される苦しみという、それはそれで古臭いテーマが「東京ラブストーリー」の基調をなしているのである。

この「貞操」という主題は、関口さとみの人物背景を確認するだけでも明らかだ。さとみの愛媛の実家はラブホテルを営んでいる。地元ではそれを理由に陰口をたたかれることも多かった。その影響か、さとみはセックスを「汚れ」と捉えている部分がある（「もうお姫様でもなんでもないこと、完治くんが一番よく知ってるくせに」「薄汚れてみすぼらしい、ただの女よ」）。

ラブホテルは婚外セックスを象徴する場所だ。さとみが東京に出てきた理由の一つは「ここだと、ウチがラブホテルをやってることを知ってる人間に出会わない」。美人だが二三歳まで彼氏がいたことはなく、セックスマシーンのような三上と同棲したあともセックスが好きになれない。さとみの小さい頃の将来の夢は「お嫁さん」だ。

なぜこの時代にあらためて「貞操」の問題が、言い換えれば、セックスとロマンティック・ラブの関係が切実なものとして問い直されたのだろうか。

それを考える上でも実は「労働」や「オフィス」が関係してくる。

教科書的な説明になるが、「東京ラブストーリー」が描く労働社会は男女雇用機会均等法（一九八六年四月施行）後の時代だということをまず確認したい。最初の均等法は、募集・

採用・配置・昇進における性差別禁止という点でほとんどが努力義務にとどまる実効性に乏しい法規制だった。

その半端さが「一般職」という脱法的な女性職カテゴリーを生み、一九九五年の日経連「新時代の『日本的経営』」以降は、そうした女性職種の非正規化・外注化が政策的にも進められた。それが現在の著しい正規と非正規の格差、そして男女の賃金格差につながっていることは周知の通りである。

その一方で、日本の均等法を生み出したのが単に労働の分野にとどまらない世界的な動向であったことも忘れるべきではない。

国連は一九七五年を「国際婦人年」と定め、一九八五年までの一〇年間で、加盟各国にあらゆる分野での男女差別撤廃のための行動計画の策定と実行を求めた。いわゆる「国際婦人の一〇年」である。日本の均等法は「国連との約束」の期限ぎりぎりに滑り込んだのだ。そして、こうした国連の動きは、「第二波フェミニズム」あるいは「ウーマン・リブ」と呼ばれる一九六〇年代後半以降の世界的な女性権利運動の一つの成果であった。

第一波フェミニズムが参政権や財産権を要求したのに対し、第二波フェミニズムが中心的に求めたのは、女性の経済的自立に必須となる労働・教育環境での性差別撤廃、そしてリプロダクティブ・ライツや性的自己決定、つまり性愛の自由だった。

近代《モダニティ》の研究で知られるイギリスの社会学者アンソニー・ギデンズは、『親密性の変容――近代社会におけるセクシュアリティ、愛情、エロティシズム――』のなかで、「生殖」の必要から解放されることによる「セクシュアリティ」の獲得が第二波フェミニズムの権利要求にとっていかに重要であったかをこう述べている。

今日、「セクシュアリティ」は、発見され、多様なライフスタイルの発達を切り開き、また多様なライフスタイルを可能にしてきた。セクシュアリティは、われわれ一人ひとりが「手に入れる」もの、あるいは育むものであり、もはや個々人があらかじめ定められた規律として受け入れるような生得的な身体条件ではない。(中略)セクシュアリティは、可変性をもった自己の一面として、また、身体や自己のアイデンティティと社会規範との根源的な接合点として、機能しているのである。
(アンソニー・ギデンズ『親密性の変容――近代社会におけるセクシュアリティ、愛情、エロティシズム――』而立書房、一九九五年、三二頁)

ギデンズは、個人の「セクシュアリティ」の獲得――ありていに言えば、性指向やセックスの相手を自分の意思に基づいて決めること――は、近代社会の中心課題であるアイデンティティの形成という点で非常に重大だと指摘する。

なぜなら、モダニティとは、それ以前には「自然現象」と見なされていたあらゆるものの「社会化」（社会システムによるコントロール）をその特徴とするからである。

人間の身体においては生殖こそが「自然」の代表的なものであった。「異性愛＝生殖＝自然」が普遍の等式とされ、異性愛は他のすべてのことがらを判断するための基準として機能した。それゆえ性愛は、一人ひとりが自覚し、選択し、問い直していけるような固有の特性とは考えられなかった。避妊法と生殖技術の発達・普及というテクノロジーがこの等号を切断したことで、はじめて「自由に塑型できるセクシュアリティ」が創出され、アイデンティティの問題になったとギデンズは述べる。

さらに、ギデンズがフーコーらの議論を批判的に参照しつつ強調するのは、「セクシュアリティ」に焦点をしぼる際の男女のジェンダー差である。

近年まで人々は男性のセクシュアリティを何ら問題がないものと見なしてきた、とギデンズは言う。逆に言えば、それまで「性」が問題化されるときは、いつも女性の問題だったのだ。男性のセクシュアリティの本質を隠蔽してきたものとして、ギデンズは次の「社会的作用」を挙げている。

(1)　男性による公的領域の支配

(2) 性の二重の道徳基準
(3) そのことと関連する、汚れのない女性（結婚するにふさわしい女性）と汚れた女性（売春婦、淫婦、妾、魔性の女）の分離
(4) 性差を創造主や自然界、生物学的法則がもたらしたものと見なす解釈
(5) 女性のいだく願望や行いの点で、女性を愚かで道理のわからない存在として問題視すること
(6) 性的分業

六〇～七〇年代以降の「性革命」を待つまで、「性の二重の道徳基準」は強固なものとして存在した。その性のダブルスタンダードでは、男性が多くの女性と性関係を持つことは一般に好ましいこととされ、反対に、性関係の豊富な女性は「尻軽女」「ビッチ」として社会で周縁化されてきた。ちなみに、いまでも男性の女性表象には「聖母」か「娼婦」の両極端しかない、と言われることは多い。その根はまだまだ深く残っている。

ギデンズが(1)に挙げた「公的領域」の代表的なものには当然、職場・オフィスや学校が入る。性の二重規範と、労働・教育の場での女性差別は裏表一体なのである。

こうした経緯を確認していくと、「東京ラブストーリー」が主題にした「貞操」の意味も少し見えてくるようだ。

「東京ラブストーリー」は、法制度上の権利保障は希薄だったとはいえ、女性が労働を通じた経済的な自立を本格的に勝ちとるようになった時代の物語だ。オフィスでは、女性は男性から一人の同僚である以前に「女」として見られた。すでに触れたように、当時の日本では「セクハラ」という概念も十分に知られていなかった。

机を並べ普通に働いているリカを「自由」や「自然」の象徴のように見なす男たちの姿からは、いかに性の二重規範がオフィスに根付いていたかを読みとることができる。

そうした時代の恋愛を描く「東京ラブストーリー」が、完治とリカ、三上とさとみという二組のカップルの交錯から問い直したのは、まさに性の二重規範の存在そのものであった。

彼らは、貞淑さ／尻軽さにおいて男女を反転させたカップルである。この二組の関係性の変化は、性の二重規範がどれほど生き残り、どれくらい失効しつつあるかを観察できる実験装置だ。

男女がともに自身の「セクシュアリティ」を獲得できるようになった世界で、ドン・ファンのように性的奔放さが個性として評価される女が現れたら、恋人の男はどうするのか……。

「ニコニコ笑って、待ってるだけの女になりたい」としおらしく語っていたさとみは、三上の度重なる浮気に堪えかねて結局は同棲している家を出る。完治にその思いを話す場面が私はけっこう好きだ。

さとみ「彼と暮らしてた時……彼はとても優しくしてくれて、それがとても幸せだったの」「それを100パーセントの幸せとするでしょ」
完治「うんうん」
さとみ「……で裏切られて、別れて……もう一回会って、また優しくしてくれて……」「それもまたうれしかったの、でも98パーセントの幸せなのよ」
完治「2パーセントはどうしてもわだかまりが残ってるわけ?」
さとみ「もう100パーセントあの人を信用することは、不可能だわ。この先ずっと……」

（同第三巻・一三九頁）

「性革命」後の時代においては、ある面でさとみのナイーブさを表わす台詞である。しかし多少なりとも性の二重規範が弱まったかに思える現在においても、彼女が言う「100

パーセント」の意味に共感できる読者は少なくないはずだ。

それはいわば、性愛関係における「闘争領域の拡大」（ミシェル・ウエルベック）が全面化したあとの、「ロマンティック・ラブ」の戦後処理である。誰もがセクシュアリティの獲得を通じて自己を確立する世界では、セックスをすることがすなわち愛の証明とはならないことを頭では理解せざるを得ない。しかしそれでも、愛する人が自分以外と性交渉したという事実は、とにかく耐え難く苦しいのだ、と。

「東京ラブストーリー」の新しさは、リカというヒロイン像にあるというより、長らく女に一方的に押し付けられていたその「貞操」をめぐる苦しみを、主人公の完治が共有していることにあったのではないだろうか。

ともあれ、本作もまた、これまで取り上げてきた作品群と同様、主人公たちの「結婚」を結末に置いている。あの時代、リカと完治たちはセックスとロマンティック・ラブにどう向き合い、答えを出したのか。そのことを振り返るためにも一読の価値がある名作である。

二〇一七年には、リカや完治たちの「現在」を描いた続編（柴門ふみ「東京ラブストーリー After 25 years」小学館）が出版された。私たちが生きる現在までの時間で、登場人物たちの何が変わり、何が変わらなかったのかが丁寧に描かれた秀作だ。「東京ラブストーリー」にキュンキュンした方はぜひこちらも読んでみてほしい。

シングルマザーのオフィスラブ

津島佑子

『山を走る女』

講談社、1980年／講談社文芸文庫、2006年

最近、「ママ」というアイデンティティが気になっている。

ネット上のアイデンティティと言ったほうが正確かもしれない。ツイッターやフェイスブック、インスタグラムなどのSNSの個人アカウントでは、「○歳児のママ」「一男一女の母」などのプロフィール文をよく目にする。限られた字数しかないSNSのプロフィール文には、職業・趣味・政治的価値観など、その人がどんな属性を「自分であること」として外に語っているかが端的に表れる。

個人的な印象に過ぎないが、SNS上での「ママ」「母親」というプロフィールの氾濫は、数としてはほぼ同数いるはずの「パパ」「父親」とは明らかな男女差があるように思う。SNSだけを見ていると「パパはどこへ消えた」と問いたくなるような非対称性だ。

そのアンバランスとともに、何十年間も「ママ」ではなかった女性が、ある日子どもを持つことで突然「ママ」であることが彼女の最上位のプロフィールになることに興味をもっている。

たしかに、小さな子どもがいる暮らしは生活のすべてが子ども中心に回る。SNSをやれば子どもの写真や育児の話題が中心にならざるを得ない。だから、そうしたアカウントでの「ママ」というプロフィールは、「アイデンティティ」というより一種の「クラスタ」（同じような属性・関心をもつオンライン・コミュニティ）として機能している面もあるだろう。逆に言えば、他人の子どもの写真や話題を見たくない人は、「ママ」というキーワードによってフォローを避けることができる。

しかし、「ママ」というクラスタがいかに一般的なものに発展していたとしても、それは「パパ」というプロフィールの対照的な少なさを説明してはいない。また、「ママ」というプロフィールの使われ方からは、一人の女性のなかにいくつも併存している属性の一つというより、取り替えのきかない、独立した強いプロフィールになっているようにも感じる。やはり、「ママ」は一種のアイデンティティなのではないか。

「ママ」が職業や趣味・嗜好よりも上位のプロフィールとなり、「パパ」がそうならないのは、女性だけが妊娠・出産を経験できるという生物学的な差異だけでは説明がつかなそうだ。育休取得率の極端な男女差などの社会構造もおそらく背景にある。

現在、日本で働く女性の育休取得率は八三・二%だが、男性の取得率は五・一四%である（厚生労働省「平成二九年度雇用均等基本調査」）。

その取得期間についても、女性は子が保育園に入園するまでの一〇～一二ヵ月および一二ヵ月～一八ヵ月で全体の約六割を占めるが、男性は五日未満が半数以上であり、一月以上取得する人は二割を大きく下回っている（同平成二七年度調査）。全体の五%に過ぎない育休取得男性の内訳がそれなのである。

　こうした数字が示すのは、日本で働く女性のほとんどが、子どもを作ればワンオペ育児生活を始めざるをえないという現実だ。そこには大きなジェンダーギャップがある。制度上はどちらが取得してもよい育休制度も、結果として母子密着を支えるものとなっている。他方、日本の父親にとって、育児とはあくまで「参加」するものであり、自己の中心を占めるもの、まして自分のアイデンティティとはならないのである。

　育児におけるこの性別役割分業が近年大きく変化したわけではないことを考えれば、「ママ」というアイデンティティの問題は、決してSNS時代に特有のものとは言えないはずだ。


　今回読んでいくオフィスラブ小説は、この「ママ」「母親」というアイデンティティの問題に先駆的にとりくんだ小説である。

　本作が発表されたのは、SNSどころか、インターネットが普及するずっと以前の一九八〇年。国際的にも高い評価を受ける作家・津島佑子の「山を走る女」である。

「山を走る女」は、二一歳の主人公・小高多喜子が実家で寝ている場面から始まる。多喜子は眠りのなかで、「痛み」に自分の名前を呼ばれているような感覚がする。

彼女は臨月で、予定日をすでに一週間過ぎている。真夏の早朝、陣痛のはじまりで目覚めた多喜子は、家族の誰をも起こさず、大きなお腹を抱えて一人きりで産院へと向かう。実家のある日当たりの悪い路地から広い坂道へ出て、全身で浴びる朝日の眩しさに目を細めながらゆっくりと歩き、タクシーを拾う。

多喜子がこうして独力で行動するのは、お腹の子を「私生児」として産もうとしているためだ。今では差別的な言葉としてあまり使われなくなったが、「私生児」は婚外子でかつ父親からの認知を受けない子を指す。


はじめて母親が多喜子の妊娠に気がついた時、胎児はもう丸七ヵ月の大きさに育っていた。早速、母親は、なぜ中絶しなかった、という問いから、どんなわけがあるのか、相手はだれなのか、相手が好きなあまりその子どもを欲しくなったのか、妻子のある人なのか、相手は知っているのか知らないのか、自分の手で育てるつもりなのか、そんなことができると思っているのか、自分たち両親への面当てなのか、父親をそんなに恨んでいたのか、この先、どんなことになるのか分かっているのか、一体全体、なにを考えているのか、と際限なく、多喜子を問いで責めはじめた。

（津島佑子『山を走る女』講談社文芸文庫、三二一〜三二二頁）

母親は、「私生児の母」になろうとする多喜子に中絶を迫り、呪詛の言葉を浴びせ続ける。足が悪いためにほとんど働きに出ない多喜子の父親は、昔と変わらず妊婦となった娘にも暴力をふるう。大学受験を控えた弟の厚にも頼れない。出産にあたって多喜子の置かれた状況は厳しい。

子の父親が誰であるかは多喜子だけが知っている。

高卒で就職した多喜子が、会社の用事でよく通っていた役所の男・前田宏が子の父親である。妻子のいる前田とはろくな交際もなく、一度たまたま夕食をともにした帰りに、肩を抱かれるままに連れ込み宿に入った。

じきに前田は役所を辞め、妻子と東北の故郷に帰った。多喜子が転職の案内状を受け取ってそのまま捨てた一月後に妊娠が分かる。その時、多喜子は前田の住所も知らない自分をなぜか好運だと感じた。子どもという存在が突然、完全なる外部からやってきたもののように感じられた。

――

前田の欲望が前田自身のものではないと思ったように、多喜子は自分の妊娠が自分自身のものではないように思えた。体を通じて、自分はなにかを告げられようとしている。それを聞き届けたかった。

（同四六頁）

こうして多喜子は、誰にも祝福されないまま男の子を産む。のちに晶《あきら》と名づけられるその子とはじめて過ごした産院での六日間は、多喜子にとってこの上もなく穏やかな日々だった。

三〇台近いベッドが並ぶ、講堂のように天井が高い大部屋では、多喜子の入院している間に三分の一以上の患者が入れ替わる。女たちが次々と来ては子を産み、乳やミルクの与え方、おむつの換え方を覚えて去っていく。

そこでは、多喜子と赤ん坊は名前すら意味を持たないただの健康な母子である。多喜子は自分がこの古びた産院で出産した何万人もの女たちの一人であると感じ、思いがけない充足感をおぼえる。ただの「健康な母子」として扱われ、同じ状態の親子が集まっていることの充実した無名性の感覚は、小説全体を通じて詳細に描かれる。

退院して実家に戻った多喜子は、一日でも早く家を出たいと望む。しかし、多喜子は高卒から勤めた会社を出産の二ヵ月前に辞めてしまったために、産後のまともな働き口が見つからない。

今でこそシングル家庭の貧困率の高さや過酷な実態は報道されるようになったが、「山を走る女」が発表された一九八〇年は均等法も育休制度も公的には保障されていなかった時代だ。

「シングルマザー」という言葉、すなわち社会的認知すらなかった。「私生児の母」になることは、多喜子の家族が隣近所にひた隠しにしたように、世間に顔向けできないようなこと、反社会的な行為だと見なされた。一人で子を産み育てるという選択をしたために、多喜子は、労働者としても母親としてもマイノリティになることを余儀なくされる。

多喜子は、やっと空きを見つけた私設の共同保育所に晶を預ける。そして経済的自立に向け、駅前の蕎麦屋、化粧品の外交セールスなどの職を転々とする。だが懸命に働いても、子の病気や保育園の送り迎えに合わせて勤務すれば、微々たる収入しか得られない。保育料とミルク代を出すのがやっとだ。アパートを借りて独り立ちすることなどとても考えられない。

そんな大変な暮らしのなかでも、多喜子はわが子の存在を通じて、少しずつ世界と出会い直していく。

共同保育所で他のゼロ歳児の親子とともに入所の説明を受ける場面が好きだ。

〝吉川一也君〟と呼ばれた赤ん坊の母親が、くすくす笑いだした。それで、初老の保母も笑顔になり、父親に抱かれている吉川一也と、床に寝かされている小高晶に眼を向けた。

――……そして、担任の保母はわたしたち二人です。

――すみません、なんだかおかしくてしょうがないんです。吉川一也君だなんて……、それに、たんぽぽ組だなんて……。

吉川一也の母親が笑いながら言った。多喜子にも同じ戸惑いがあったが、緊張しすぎていて、笑えなかった。

小高晶。……

多喜子は自分の赤ん坊を見つめ、その名前を胸の裡《うち》で幾度か呟いてみた。まだ耳慣れないままでいる名前だった。


（同一二二頁）


自分が産み世話をする赤ん坊が、名前を与えられ、他者からその名前で呼ばれ、この世にしっかりと存在しはじめることの不思議さ。多喜子は自分の新しい戸籍謄本を見ても、「問いたいという思いが、そのまま、一枚の紙に表われているようだ」と感じる。

――小高晶と名づけられたこの赤ん坊は、一体、自分にとって、なんなのだろう。自分の産んだ子ど

――も。それだけではない、自分の知らなかった何者かであるような気がしてならなかった。特別ななにか。しかし、多喜子にはその意味が分からなかった。（同一二四頁）

親になる経験は、異性の見方という点でも多喜子に大きな変化をもたらした。高校生の頃から家に帰ることが苦痛だった多喜子は、何かをしたいというより、ただ外にいたいという思いだけで遊び回っている女の子だった。女友達より男友達が多い「荒削りな女子生徒」で、男友達に特別な恋愛感情をもったことはないが、彼らの欲望には受動的に従った。多喜子にとって男性の欲望は同情の対象であり、「痛ましく、それゆえに、自分などには侵《おか》しがたいもの」であった。その「痛ましさ」という見方は、多喜子の父親との関係性も影響しているようだ。

晶を連れて保育園に通っているうちに、多喜子は、父親として子育てをする様々な男たちに出会う。保育園の班会に必ず出席する、まだ大学院生だという若い父親と、三人目の子を預けている四〇歳近い会社員の男。会社員の肥った男はいつも大きな書類鞄を持ち歩き、保育園の会計報告を手伝ったり園舎改築のための金策プランを作ってきたりと、仕事で培ったのであろう能力を発揮しながら、子どもについて保母と熱心に話し込む。

多喜子には、どちらの父親の姿も新鮮に見えた。自分とは、おそらく、他の場所では出会うことがなかっただろう男性なのに、この、みどり保育園と名づけられた古い建物の二階で、自分と同じ表情で、それぞれの赤ん坊の少しずつの成長を語る保母の顔に見入っている。手渡されるワラ半紙のプリントに眼を落としている。自分と同じ些細《ささい》な心配、離乳食や病気の心配を、保母に訴えている。それは、今まで多喜子の知らなかった、知らされることもなかった異性の姿だった。

(同一八〇〜一八一頁)

この異性への視線の変化は、小説の後半で描かれる多喜子のオフィスラブにも重要な意味をもつ。

それまで実家の家計をぎりぎりで支えていた多喜子の母親が体調を崩し、狭心症の診断が出たことから、実家は一気に苦境に陥る。晶を四月から区立保育園に転園させ、多喜子も新しい仕事を見つけなければならなくなった。

多喜子は、前から気になっていた熱帯植物用の大きな温室がある「三沢ガーデン」に職を求める。二〇代前半の男性に限るという求人告知にもかかわらず、熱意でなんとかアルバイトとして採用される。応募の際に、自分に赤子がいて、夫はおらず、実家に住んでいることも伝えた。

「三沢ガーデン」は、観葉植物を育ててオフィスや店舗などに貸し出すリース会社だ。社長と社長の息子の専務、三人の社員、そして多喜子と一緒に新しく雇われた作業員の七人で成り立っている。多喜子以外は全員男で、大きな植木の鉢を抱えて街を走りまわるハードな仕事である。赤子を抱える母親がする仕事としてはあまりに肉体労働だが、朝が早い代わりに夕方も早く終わるので、保育園への送り迎えでも多喜子には都合が良かった。

めまぐるしく、しかも、体力をいくら発揮したつもりでも追いつくことのできない仕事だった。はじめての一、二週間の間は、家に帰ると、ひとつの大きな痛みのかたまりになっているような体を、まず、敷き放しの蒲団の上に投げ出さずにはいられなかった。夕飯の支度も、おむつの洗濯も手につかなかった。しかし、新しい仕事に不安は感じなかった。こうして少しずつ、自分の体が強くなり、腕が太くなるのだと考えることは、快かった。早く、この痛みを通り過ぎなければならないのに、と自分の筋肉がじれったい思いだった。

（同二六二頁）

多喜子はこの新しい職場で、神林という少しひねくれた印象の男に出会う。三〇代半ばで妻子のある神林は、生気がなく年寄臭い表情の男だ。だが、暑くなって上半身裸になると驚くほど端正な線をした健康的な体を見せる。無骨で内向的だが冷淡ではなく、多喜子が聞けば木の名前や性質を教えてくれた。

次第に打ち解けるうち、ある日、彼がダウン症の一〇歳の息子の父親であることを知る。多喜子が「私生児の母」になってから感じていた、世間から「普通」ではない子として見られるわが子のかけがえのなさと逃れられなさを、神林もまた共有していたのだ。


神林が十年前から、一人の蒙古症の男の子の父親として、それまでとは違う時間を過ごしてきたことを知ってから、多喜子は自分の身も同じその時間のなかにあることを感じずにはいられなくなり、また、感じ続けていたいと思うようになった。そして、そのような思いを持つ自分に、誇らしささえ感じられた。自分が晶を産み、育てていることに、はじめて神林の存在によって、言葉を与えられた気がした。

（同二七六頁）


多喜子は神林から一言でも多くの言葉を聞き取りたいと思うようになる。多喜子を充足させるのは、性的対象の異性としてではなく、「父親」としての神林の言葉だ。多喜子自身もそのことを自覚しているつもりだった。だが同時に、もっともっとと、貪欲に多喜子を駆りたてるなにかも感じつつあった。

しばらくして、社内で〝山〟と呼ばれている、郊外の丘陵にある三沢ガーデンの温室に神林と一泊の出張に行くことになる。多喜子の胸は強く高鳴った。

出張当日、晶を保育園と母親に預けて〝山〟へと出かけた。多喜子は〝山〟の温室で、熱気と凶暴なほどの緑の量、咲き乱れる熱帯性の花々、ジャングルのような樹木の勢いに圧倒される。作業を終えた晩は麓にある社員の自宅に多喜子も泊まることになっていた。夜中になってほかの社員が酔いつぶれたあと、〝山〟へ戻ると言っていた神林もトラックの荷台で寝てしまう。

多喜子は、いつまでも車の音が聞こえないために、心配して神林を探しに出る。雨でずぶ濡れになりながら、荷台の幌の下で横になっている彼の寝姿を見つけ、自分も幌のなかに入る。この作品の一つのクライマックスであり、多喜子が初めて自分のはっきりした欲望をつかむ、切なくも感動的な場面だ。


静かな、心地よい場所だった。しばらくすると、雨に濡れた体が火照って感じられだした。あの体に寄り添って眠りたい。多喜子は神林の体を見つめ続けた。子どもが父親の腕のなかで眠るように、眠りたい。神林が眠っていて、気がつかないうちなら、と思った。

（同三二〇頁）


同僚として出会い、さらに「父親」と「母親」として絆を深めてきた二人が、どのようなオフィスラブの形を選び、あるいは選べないのか。ぜひ本作で続きを読んでみてほしい。不倫とも、ただの友情とも違う、新しい男女の関係性と家族のあり方が模索されている。

多喜子という主人公は、シングルペアレントが特別な存在ではなくなった現代ではいっそうリアルさを増す女性／母親像だ。多喜子は一人で子を産み育てる選択をし、逆境のなかで晶を育てることで、社会と出会い直す。そして誰よりも多喜子自身が大きく変化し、成長していく。

誰からも祝福されずに「私生児の母」になったことで、主人公はより強く母親としてのアイデンティティを確立する。その上で、多喜子が母性神話による母子の結び付きからも距離を置いていることがこの作品の現代性を示している。

多喜子は、赤ん坊の晶にとって育ててくれる人が多喜子でなければいけない理由はあまりないと考えている。と同時に、わが子の重みを感じていたいと常に願っている。

「晶という形でようやく見つけることができた、人と自分とをつなげてくれるらしい身の不自由」という多喜子の言葉は、私たちが「ママ」あるいは「パパ」というアイデンティティの問題を考える上で、「山を走る女」が示してくれる一筋の光のような言葉だ。

この「身の不自由」とは、他人が簡単に語ることは許されないような、個人にとって深く絶望的な不自由さであるだろう。多喜子自身がそうであるように、家族や親子関係による苦しみはいつまでも忘れることはできない。

だが、その同じ「身の不自由」によって、私たちは他者と向き合い、特別な関係をつくることができる。そういう可能性がある、と本作は教えるのだ。

未来のオフィスラブはプラトニックである

雪舟えま

『プラトニック・プラネッツ』

KADOKAWA、2014年

いまの仕事を続けられそうもないな、と思うとき、私たちは強く不安を感じる。転職できる場所があらかじめ決まっている人なんて、ほとんどいないだろう。今日までずっと、この職場に何とか順応し、自分なりに努力して貢献してきた。いまさらよそで働く……これまでの時間と経験を丸ごと失うような気持ちになる。先の見えない失業中の苦しみは、この世界にありふれているからこそ言葉にならない過酷さがある。

経済誌は「二〇年後に消滅する仕事」といった類の特集が好きだ。

最近の流行は「AI」。ビッグデータの活用と人工知能の普及によって、これからどんな労働者が「お払い箱」になるのか。そうしたオフィスの未来予想図は私たちの潜在的な不安にするりと取り入る。未来の働き方についての物語は人びとの不安と欲望を貪り食う怪物みたいだなと思う。

厚生労働省は二〇一六年、「働き方の未来二〇三五：一人ひとりが輝くために」という有識者懇談会の報告書を出した。これが良くも悪くも一部で話題になっている。

二〇三五年には私たちの働き方はここまで変わっている——そんな経済誌のような中身だが、特筆すべきは、その厚労省の報告書が、いまの労働法などの仕組みを変えようと呼びかけていることだ。

報告書は、「個人事業主と従業員との境がますます曖昧になっていく」から、いまの労働法制度のままでは「日本の働く人はガラパゴス化し、多くの仕事は国境を越えて世界に分散していく」と、脅しめいた予言をしている。

おおまかに言えば、働く人の「自由」や「自立」を実現するために、いまの労働法による労働者保護を弱めるべきだと主張している。そして、国による社会保障やセーフティネットの代わりに民間の保険を入れるべき、と。

だが、少し立ち止まって考えたい。こうしたいろいろな思惑のもとで語られる「未来」とは、果たして本当に「未来」なのだろうか？

自分の「未来」の物語を語る場面を思い浮かべてみる。二〇年後にはこうしていたい、こんな自分でありたい。そのイメージは、目の前にある「現在」のパーツから組み立てるしかないだろう。その「現在」とは、私たちの現状認識そのものだ。

それゆえ「未来」の物語は、「現在」をひきのばしたり裏返したりした私たちの願望の寄せ集めになる。この世界をどこから・どのように認識しているかという語り手の視線が、「現在」をネガフィルムにして「未来」のイメージを焼き付けるのだ。

このように、「労働の未来」は雑多な欲望や不安が渦巻く物語のフィールドになっている。では、本題であるオフィスラブの未来は？

それを探るために、今回は近未来を舞台にしたオフィスラブ小説「プラトニック・プラネッツ」を取り上げたい。作者は歌人・小説家の雪舟えまである。

「プラトニック・プラネッツ」の主人公は、ロボットペットメーカーの事務職として働く二十四軒すわの。学生時代からの恋人の住吉休之助と巨大な団地の一室で暮らしている。すわのが会社で働き、漫画家をめざす休之助を応援するという同棲生活を五年間続けている。

物語は夜、会社から帰ってきたすわのが「おとむらい」と呼ばれる儀式に出るところから始まる。

三千世帯をこえる団地では、いつもだれかが死にだれかが生まれている。屋上では毎週のようにおとむらいがあって、住人たちは棺《ひつぎ》の死者を見送る宴《うたげ》に参列するのだった。知りあいでもない家のおとむらいに顔を出す人びともいた。とりあえずおとむらいの夜に屋上にゆけば食事と酒にありつけるし歌や踊りを見たりできる。人恋しくて来るひまな人、身寄りのない人びともいた。

（雪舟えま『プラトニック・プラネッツ』KADOKAWA、七〜八頁）

歌の上手なすわのは、同じ団地の同級生ハムスに頼まれ、ハムスの祖父・マムフリじいさんのおとむらいで歌うことになった。おとむらいでの歌には、死者の魂がちゃんと次のところへ旅立てるようにする応援歌としての意味があるという。さながらお経のような役割だろうか。

　すわのがビジネススーツ姿で自作の歌を歌い、屋上でビールを飲んでいると、空から死者を迎えにきた飛行船が近づいてくる。物語の重要な舞台となる「斎《さい》の船」と呼ばれる乗り物だ。


　すわのはまた祭壇のほうを見やった。斎《さい》の船がふんふんふんふんとやわらかな、花の香りをかぎに来た鼻息のような音をさせていよいよ屋上に近づき、祭壇の二十メートルほど上空にとまった。参列の人たちはいまは全員、飛行船の真したで棺をとり囲むように集まっている。

　船の底がひらいて、すうっと光のチューブ、エレベーター筒が伸びてきた。筒が屋上のコンクリート面に届くと、透明なステップに乗ったふたりの男が光の中を降りてくる。黒い礼服すがたのふたりは、ひとりが年輩の責任者風、ひとりは若い。エレベーターから降りると、深く礼をして人びとに向かって挨拶をした。

「フューチャークラシコ葬祭の駿河台です」年輩のほうがいった。「荻原です」若いほうがいった。

（同一六頁）

「プラトニック・プラネッツ」の世界では、肉体は滅んでも魂はなくならない。死は旅立ちであり、すばらしいことだとされる。死者の魂はつぎの経験を求めてふさわしい星に転生する。転生する前には「待合エリア」で魂たちが憩うらしい。

……そうした物語を用意するのは元来宗教の役割だが、この小説は特定の宗教コミュニティの話というより、世界全体の話として書かれている。

私たちはＳＦ《サイエンス・フィクション》というと、記号的で冷たく、過度にメカニックで、人心の荒廃した世界を思い浮かべる。だがこの作家が描く「未来」は懐かしさとかぐわしさに満ちている。出てくる物や地名によく「フューチャー」とか「未来」といったワードが付けられるのも茶目っ気がある。

「斎の船」は霊柩車と火葬場を兼ねる飛行船である。「おとむらい」の儀式から死者の棺を運びだし、飛行しながら火葬炉で遺体を焼き、遺言や遺族の意向にそって空から散骨する。それに加え、フューチャークラシコ葬祭社は、地上の世界と死者の世界をつなぐ寺社や教会のような役割も担っている。

これまで読んできた古今のオフィスラブ小説では、物語の入口／出口で結婚というライフイベントが登場することが多かった。オフィスラブは「仕事」「恋愛」「結婚」が交差する出来事だから、当然といえば当然だ。

ところが本作にメインで描かれるのは、同じ冠婚葬祭でも「婚」ではなく「葬」。結婚が「二人」の「未来」を祝福するイベントであるなら、葬式は「一人」の「過去」を偲ぶイベントだという点で、実に対照的である。未来の話でありながら猛烈に懐かしい感じがするのは、「プラトニック・プラネッツ」が「葬」をメインテーマにしているからでもあるだろう。

少し脱線するが、日本が近代化するなかで冠婚葬祭の形がどう変わっていったかを知るには、斎藤美奈子『冠婚葬祭のひみつ』(岩波新書・二〇〇六年)が手っ取り早い。

結婚も葬式も、急激な変貌をとげたのが一九〇〇年前後、明治三〇年代のこと。それまではどちらも行列中心のイベントだった。輿に乗った花嫁を囲んで婿の家へ(花嫁行列)、あるいは棺を背負ってぞろぞろと檀那寺や墓場へ(野辺送り)。それが二〇世紀に変わった頃、「行列型から集会型へ」「移動型から劇場型への質的転換」が起こったと斎藤は書いている。

葬式に関しては、その転換期にビジネスとして発明されたのが祭壇と霊柩車、そして産業革命の余波としての近代的な火葬技術である。それが当時の庶民にとって未来的な葬儀のあり方だった。

だから、空飛ぶ霊柩車兼火葬場という「斎の船」のイメージには、過去と現在の私たちがしっかりと投影されている。やはり「未来」には現在が詰まっている。

それにしても、雪舟えまが描く「懐かしい未来」には破格のかわいさ、心地良さがある。たとえば、屋上のおとむらいから団地の部屋に戻ったすわのが、部屋着に着替えてから会社のメールをチェックする場面。

> すわのは休之助の手からカップをとり、居間へ出てゆく。ソファーにおいた通勤バッグからノートを取りだしてひらき、「クレオパトラー」と呼びかける。青白い光と芳香を放ってノートは立ちあがった。
> （同二五頁）

この「ノート」はタブレットPCの進化したもののようだが、読者には芳しい紙のノートのような手触りが伝わってくる。

すわのが勤めるラブリーテクニカ社は、「ほんものそっくりのロボットアニマルで業績を伸ばしてきた会社」だ。その先端IT企業でも、ロボットペットに与えるエサが「擬似小松菜」だったり、社員たちがクレーム対応に苦慮していたりする。返品されてきたうさぎのロボットペットの不具合が「うんちをしすぎる」というのもいい。

すわのはおとむらいの晩、亡くなったばかりのマムフリじいさんと夢のなかで思いがけず再会する。ここが死んだ人の「待合エリア」だ。その真っ白のカフェのような空間に荻原と名乗っていた葬祭社の若い社員が現れる。

荻原楯《たて》が「君は、歌のじょうずな、すーさん」とすわのの名前を呼ぶと、「草むらに風が吹くように皮膚のうえを鳥肌がざーっと駆け抜け」る。すわのは、おとむらいの屋上で出会った楯に一瞬で恋をしていたのだ。

荻原楯との出会いが、すわのの運命を大きく動かしていく。

同じ頃、休之助の作品がついに漫画新人賞を受賞する。二人で喜び合った翌日、すわのが休日出勤をしていると社屋で火事が発生。立ち往生していたら、なぜかフューチャークラシコ葬祭社のあの飛行船が迎えにくる。楯が光の筒からビルの窓に片手をかけ、すわのを抱き上げて救い出すシーンは、ちょっと『魔女の宅急便』の逆バージョンみたいである。

この日、すわのは初めて斎の船の内部を目にする。彼らとおとむらいを回っていると、ある喪主から代理で歌うよう頼まれる。多くの人に愛されたおじいさんのおとむらいだ。すわのは急な舞台で全身全霊で歌いきり、「こっちがほんとうだ」という思いに胸が熱く満たされる。私が本当にやりたい仕事はこれだ、と。

その後の決断は早かった。彼女はロボットペットの会社を辞め、フューチャークラシコ葬祭社に歌い手として雇ってもらう。そして、休之助と暮らした団地を出て一人暮らしを始める。


すわのが仕事と私生活を同時にリセットした背景には、休之助が漫画家としてデビューしたことも影響している。

受賞式に着る服を買いに出かけた時、すわのは試着室から出てきた休之助を見て「休之助はこんなにりっぱになった」と思う。もう、私がいなくてもこの人はだいじょうぶ。

休之助は根っからの芸術家肌で、作品を描いているときは他のことが何もできなくなる。すわのはそんな彼を応援しつつ、生活面ではもっぱら教育者・支援者の役割だった。二人の関係性は、休之助の漫画家デビューによって一つのゴールを迎えてしまったのだ。

仕事面でも、すわの自身「これがわたしの仕事と呼べるようなことをまだしたことがないかもしれない」と感じていた。

私たちは転職するとき、住む場所やパートナーといった私的な問題も大きく変化することがある。どんな仕事をして社会と関わるかという問題と、プライベートで誰と一緒に過ごすかは、どうしても繋がってくるのである。

すわのは「こっちがほんとうだ」と思える仕事を見つけ、同時に衝動的な恋心に突き動かされ、新天地を求める。

小説は中盤から、すわのの視点とは別に、新人賞をとった休之助の担当編集者・高島平堀子の視点が交互に入ってくる。

堀子は小さい頃からBL作品が大好き。国内最古のBL雑誌を抱えるエレメンタルコミック社に入社したばかりだ。ちなみに、小説内では「BL」はボーイズ・ラブではなく、「男同士の恋愛ジャンル『BL(ブルー・ラブ)』」と、どこかパラレル・ワールド的な位置づけがされている。

やや唐突な印象がある編集者・堀子の語りの導入は、実は作品全体、さらに雪舟えまという作家にとって重要な意味がある。雪舟作品を語る上でBLもしくはGLという要素はスルーできない本質的なものである。

恋愛小説にとっては完全にネタバレになるが先回りして書いてしまおう。すわののオフィスラブの相手になるはずだった萩原楯とは、その後どうなるのか。

楯とすわのは、同僚としての信頼関係を築いていく。

そんなある日、楯はすわのに「女性に興味がない」と告白する。同性愛者でもない。最近の言い方では「アセクシュアル（無性愛）」のような感じだろうか。勇気を出して告白した楯に、すわのは大きなショックを受ける。だが彼女はしっかりと応答する。


「楯さんや楯さんが住む世界にどうしてこんなにひかれるのか考えたんです。楯さんは、わたしには未知の考えかたや働きかたを知っていて、軽やかで、きれいで、あなたと一緒にいると、わたしもっと自由になれそうな感じがした」

すわのはつづける、

「さいしょは、恋人になれたらなって思いました。周りの人から期待されてるのもわかったし、このままほんとにそうなれるんじゃないかって。でも、楯さんはわたしにそんなこと望んでない。―正直とまどいました。こんなに親切にしてくれるのに女としてまったく想われていないっていう関係が、経験なくて」

好意には下心があるものだという思いこみ。その点では、おシャアさんと自分は似たもの同士だったとすわのは思う。

「わたしじゃだめなのかなって、ちょっと落ちこむこともありました」

すわのは自分の足もとを見おろす。片足をゆらゆらとしてみる。足首にずっとつながっていた鎖が、解けたかのような軽やかさの中で、
「でもいま、すっきりしてる自分がいます。楯さんの前では、わたし女じゃなくていいんだなーって、わかって」
（同一八九〜一九〇頁）

雪舟えまは本作以降、荻原楯と兼古緑《かねこみどり》という二人の男の恋愛・パートナーシップを軸にした「みどたて」シリーズを書くようになる。

未来のオフィスラブを描く「プラトニック・プラネッツ」で、途中からBL編集者の視点が導入され、主人公の恋も相手が異性愛者ではないがゆえに一度破れ、失恋によってすわの自身がある部分で解放されること。これらすべてが、「現在」を反映させた「未来」のオフィスラブだ。

私たちの現在では、「女」として見られること、「男」としてふるまうよう求められることが、仕事と恋愛両面での個人の幸福の追求にとって重い足枷になっているのだ。

すわのは楯の告白を受け入れたあと、ともに仕事をしながら、生と死の世界、広い宇宙のなかを旅することを楯から教わる。二人で美しい光景をたくさん見て、男女の性愛をともなう恋愛関係にならなくても、熱い感情を分かち合うことができると思うようになる。

物語のラスト、すわのが休之助と住んでいた団地を再び訪れる場面もいい。懐かしいドアの前に立ち、変わらない表札を見て、すわのはこう思う。

「いま、はじめて心からやりたいことをして生きている。その点ではやっと休之助と対等になった気がする」。

これが、すわのがずっと望んでいたものだ。

「未来」の物語が私たちの現在の裏返しであるなら、いまのオフィスとラブに足りないのは「プラトニック・プラネッツ」が描いたもの――「こっちがほんとうだ」と思えるようなアイデンティティとなる仕事と、対等なパートナーシップ――に尽きるのだろう。

天職だと思える仕事が見つかり、それに一生を捧げられるなら、どれほど幸福な人生だろうか。

ただし、と私は思う。最初に書いたように、いま「自由」で「自立/自律的」な働き方として喧伝されているものが未来の仕事・働き方であるとして飛びつくのは、やや早計だ。そうした宣伝の裏にあるのは決まって目ざとい誰かのビジネスに過ぎないからだ。派遣労働だって「新しい働き方」という触れ込みで拡大されてきた。

では、もう一つの「対等なパートナーシップ」はどこで手にすることができるのだろう。

この点でも、権力関係の総本山であるオフィスラブの分は非常に悪い。オフィスラブは、そもそもが異性愛中心で、ハラスメントの温床である。血縁・地縁の代わりを社縁が果たした高度経済成長期の遺物だと見なされても仕方ない。多様性と共生を旨とする現代社会では、端的にいって時代遅れなのかもしれない。

本作が描いたオフィスラブの未来は、第一に「プラトニック」であった。その含意を正面から受け止めてなお、本書には、まだ何か言うべきことが残されているだろうか？

オフィスラブの魔法で人生はときめくか

津村記久子

『カソウスキの行方』

講談社、2008年／講談社文庫、2012年

働いて、好きな人を見つけ、新しい家族をつくる。これらは現在でも、私たちの重要な営みであり、関心の対象だ。

これまで確認してきたように、オフィスラブはその仕事／恋愛／結婚という三本の目抜き通りの交差点である。人生の重大事が重なり、摩擦を起こし、本人だけでなく周囲をも揺さぶる。別であっていいはずの三者が「オフィス」という空間で一挙に展開するから、オフィスラブは特異な出来事だ。安易と言ってしまえばそれまでの、公私混同の最たるものである。

でもだからこそ、オフィスラブの物語には、特定の時代や場所に生きる私たちの限られた生がぎゅっと詰まっている。

前回は、雪舟えま「プラトニック・プラネッツ」から、未来のオフィスラブがなぜ「プラトニック」になるのかを考えた。

オフィスラブ小説をめぐる旅も終着点に近づいている。古今のオフィスラブ小説を読んできたいま、私たちが立っている現在地をもう一度確かめておきたい。

今回読むのは、現代のオフィスの情景を描かせたらおそらく右に出る者はいない小説家・津村記久子の短編「カソウスキの行方」である。

この小説はオフィスラブ小説の極北かもしれない。「カソウスキの行方」は、〝恋愛しない〟オフィスラブ小説である。

本作の主人公は、二八歳独身の会社員・イリエ。新卒で入社した機械部品卸会社でずっと営業事務を担当していたが、ある日「左遷」され、いまは郊外の倉庫で雑用のような仕事をしている。その不遇の経緯は、彼女自身の語りによればこうだ。


藤村に訊いてみたいと思う。後輩から課長のセクハラに関する悩みのようなものを聞かされ、先輩としての義務感に駆《か》られて部長に訴え出たところ、同席した後輩に、それはあなたの勘違いだとその場で否定され恥をかき、全然別の人間からその二人は付き合っていると聞かされ、気がついたら郊外の閉鎖対象の倉庫に飛ばされて二つ年下の男の下で雑用をしている。いちおう本社では営業事務の女子の中での主任のような立場であったというのに。そういうことになったらおたくは会社をやめるかね、と。藤村ならこう答えるだろう。僕ならそもそも、そんな不倫カップルの軽いプレイに巻き込まれるようなへまはしません、と。それは確かにその通《とお》りだ。わたしがおせっかいだったのだ。にしても無辜《むこ》のおせっかいを巻き込んだプレイっていったいなんなんだ、とやはりイリエは苛立《いらだ》つのだった。同期入社で経理の山野《やまの》が、その後輩の、自慢はしたいんだけどもそれはできないんだけどもやっぱり言いたーい、みたいな女の子心をわかんなかったあんたの負け、と言っていた。

(津村記久子『カソウスキの行方』講談社文庫、一一二〜一一三頁)

イリエが心のなかで語りかけている藤村は、ともに倉庫で働く「二つ年下の男」その人だ。この引用部分だけでも、主人公の性格や勤める会社の雰囲気がなんとなく分かる。

まずイリエは、オフィスラブの巻き込み事故に遭った被害者だ。恋愛の当事者でもないのになぜ事故ってしまったかというと、それが不倫のオフィスラブだったからである。東野圭吾「夜明けの街で」で確認したように、不倫はオフィスラブの代表的なカテゴリーだ。最大の特徴は「人に言えない」ということ。

イリエは後輩の相談内容をセクハラととらえ、正しく勇み足を踏んだ。その結果、不倫している課長の差し金と思しき口封じ的な異動を強いられる。いろんな意味で最悪の展開だ。

一応彼女の異動には倉庫存続の必要性を判断するというミッションが与えられてはいるが、それはあくまで名目に過ぎない。いつ本社に戻れるかは不透明。その上、イリエが担ってきた主任級のポストには、相談してきた当の後輩がついたというのだから、なおさらやりきれない。

そんな状況でイリエは「やめるかね」と半分思い詰めている。ひどい話だが、どこにでも転がっていそうなリアルな設定である。

倉庫での仕事は毎日きっかり定時上がりだ。健康的とも言えるけど、先の展望がないのでつまらない。本社の賑やかさとはうってかわって、立場の近い同僚は藤村と森川という同年代の男が二人だけ。あとはパートの女性たちで倉庫作業を回している。閉鎖の危機にある倉庫だからか、定年退職した社員の後補充もされていない。

生活はどうかというと、巨大ショッピングモール、畑、住宅地が広がるだけの風景に慣れず、虚しい気持ちになる。自転車通勤の行き帰りは農地を吹き抜ける寒風が骨身にしみる。

イリエは、学生時代の友人でショッピングモールのカフェの店長をしているしおりの部屋に居候をすることで、不遇な日々を何とか耐え忍んでいる。長らく恋人もいない。しおりとはこれまで失恋の痛みを共有してきた仲で、「将来的に結婚しなければ家をシェアしてもいいな」と内心考え始めていた。

しかしある晩、しおりから結婚することが決まったと告げられる。イリエは親友の吉報に喜びつつも、急いでしおりの家を出て会社が契約する安普請のアパートに入らなくてはならなくなる。ふんわりと思い描いていた将来像が霧消し、働く意味や人生の目的をさらに見失う。

底冷えする新居で、モールで買ってきたハロゲンヒーターにあたりながら泣きそうになる場面がなんとも切ない。

つまり、ワークもライフもバランス以前の問題で絶不調なのだ。


ここから物語が本題に入っていく。

イリエは、心から幸せそうなしおりを見ながら、あることを思いつく。

しおりはかつて婚約者に浮気され、心療内科に通うほど落ち込んでいた時期がある。それが、好きな人との結婚が決まったいまでは別人のように晴れやかな表情だ。

恋愛って、そんなに、人に生きる力を与えるすごいものなのか？

もしそうなら、誰かを好きになることで、私もいまの辛い状況を生き延びられるのでは……？

イリエはこの仮説にもとづき、「満足に意思の疎通ができる男性」をリストアップする。

そこから既婚者を除き、自分の性格との相性を考え、消去法でふるい落としていく。

最後に残ったのは同僚の森川だけだった。森川は背が高くてぼそぼそと話す、棒のように鈍重そうな男だ。見た目もイリエと同い年だとは思えないほど老けている。どう考えても恋愛感情をもつのは難しそうな相手である。さて、どうしようかとイリエは考えをめぐらす。

仕方なく、自分自身とのネゴシエイションに入る。どうだHDの空き領域を仮想メモリにあててPCのパフォーマンスを上げるのは自分次第だぞ、と、入社したばかりの頃、死にかけの年代ものパソコンを使わされていた時に覚えたことになぞらえて考えてみる。生活そのものをハードディスクとし、人生への意欲をメモリとする。生活の空き領域をあてて、人生への意欲を仮想的に満たそう、ということである。そのように自分をウィンドウズ98だと思って考えてみたら、そんなに難しいことでもないような気がしてきた。

「よし」

イリエはむっくりと起き上がる。

好きになったということを仮定してみる。

（同四〇〜四一頁）

こうしてイリエの、仮想メモリならぬ「カソウスキ」の冒険がはじまる。

社内のオフィスラブの被害者となったイリエが、不本意ながらも、生きていくために仕方なく、自身のオフィスラブを仮想する。

なんともシニカルで奇妙な実験だ。でも、主人公のスタンスはあくまで生真面目で、切実である。イリエにはロマンティックなものへの幻想がほとんどない。なにせ自分をウィンドウズ98に見立てるくらいである。それは彼女が、自分の生家も含めて、家族というものにずっと違和感を抱いてきたことも影響しているのかもしれない。

イリエは、ショッピングモールで自分と同年代の親と幼子の家族を見て、「まるで異人種のように」感じてしまう。

あなたたちは何年か前までは別の家の人間だったんでしょう。それがなんでそんなに当たり前のように家族でいられるの。ねえねえ。

（同三一頁）

イリエにとって、恋愛と結婚は決して地続きではない。恋愛によって好きな人と結ばれ、新たな家族をつくることは、彼女にとって自明でも現実的でもない。

住宅や年金や介護といった、人生で避けようがないリアルな問題と比べたら、恋愛も結婚もフィクション（仮想）だ。いわんやオフィスラブをや。だからイリエは脳内で、自分のパフォーマンスを上げるという目的だけのために、オフィスラブを完結させることにしたのである。

とはいえ、現実の森川は毎日職場で顔を合わせる生身の相手だ。しかも、会社が借り上げている同じアパートに彼も住んでいる。森川は見た目によらず家事万能で、お酢や尿素を貸してくれる気のいい男だ。

二人の距離は少しずつ縮まっていく。だがイリエがどんなに「好きだ」と思い込んでも、いっこうに感情はついてこない。

藤村の家に招かれたクリスマスディナーの帰り、アパートの前で森川と別れ、部屋に戻ってからイリエは「もう少しだけ話をしたかった」と思う。ただの同僚に過ぎないから、用がないと森川の部屋に行けない自分がもどかしい。

年が明けた冬休み最後の日。どこにも行くところがないイリエが、ビールを持ってテレビとヒーターがある会社の食堂へ行くと、先客で森川が来ていた。二人はビールを飲みながら正月特番を見て、ぽつぽつと自分のことを話していく。私はこのシーンがとても好きだ。

イリエの思考実験としてのオフィスラブは、こうした予期せぬ小さなバグを起こしながら、不思議な結果へと導かれていく。


津村記久子は一貫して、人びとが働く現場を小説に書いてきた。この作家にふさわしい言葉は「働く」よりも「働き続ける」かもしれない。

多くの作品で主人公は二〇～三〇代の女性労働者だ。物語にはこの社会で働き続けることの苦しみや葛藤が刻まれている。

ただし、津村の小説は単なるリアリズムや深刻さでは終わらない。本作のように、厳しい現実に対峙した主人公の独特な諧謔と想像力が物語を前へ引っ張っていく。

彼女の小説は、オフィスのなかで起こっているあらゆることをつぶさに観察する。他者を理解不能なまま理解しようとする。その繊細で鋭い視線にユーモアが宿るのだが、その分甘い幻想が入り込む余地は少ない。

芥川賞を受賞した「ポトスライムの舟」には、主人公がかつて経験した社内恋愛について思い返すシーンがある。

「ポトスライムの舟」の主人公ナガセは、化粧品の製造ラインでフルタイムの契約社員として働いているが年収が二〇〇万円に満たないため、大学の同級生・ヨシカの経営するカフェでバイトするなどトリプルワークをしている。職場の掲示板に貼られた某NGOの世界一周クルージングのポスターを見て、その料金一六三万円と自分の手取り年収がほぼ同額であることに気づく。これが物語の最初の場面だ。

二九歳になった彼女が、結婚も子どもをもつことも半ば諦めて、過去の職場を思い出す場面を読んでみよう。

——今の生活では、男を捜している時間も、余裕も、つてもなかった。もっと若ければどうにかなったのかもしれないが、その時期は、前の会社での気違いじみたパワーゲームと、その後遺症による長い脱力と、新しい職場に慣れるまでに費やされてしまった。付き合っていた同期の男は、今は役職につき、高給を取るようになったらしい。ナガセが、恐る恐る自分の部署で起こっていることを打ち明けると、仕方ないやろ、と男は言った。おまえもそれで金もらってんねんから、仕方ないやろ、と。そうなんかな、とナガセはうなずいた。どうして殴りかからなかったのだろうと今は思う。昼休みの喫茶店での出来事だった。客はたくさんいたから、返り討ちにされることもなかっただろう。

（津村記久子『ポトスライムの舟』講談社文庫、八二〜八三頁）

ナガセは、新卒で正社員として入った会社を上司からの凄まじいパワハラによって退社し、再び働ける状態に回復するまでに一年かかっている。

その苦しみの渦中にいるとき、恋人だった同期社員はまったく手を差し伸べてくれなかった。当時の恋人は、目の前の相手の苦しみよりも、彼自身の「仕事観」や社内での立場のほうが大事だったのだろう。

オフィスラブは、ただでさえ職場で不利な立場に置かれがちな女性たちにとって、働き続ける上で何の助けにもならない。それゆえ、オフィスラブによっては、人生は少しもときめかない……「ポトスライムの舟」のこのエピソードはそう伝えているように思える。

しかし津村は、「ポトスライムの舟」で主人公の黒歴史として描いたオフィスラブを、「カソウスキの行方」では別の角度から語っている。オフィスラブは、労働のリアルを描くこの小説家にとって決して無視できないモチーフなのである。

「カソウスキの行方」という奇妙な短編は、その着想からして本書の重要な一部をなすものだと考えてみたい。オフィスラブがこれまで溜め込んできたしがらみを整理し、ごみ箱を空にし、来たるべき新たなものへと明け渡す。そうした試みとして読めるのではないだろうか。

私は前回、オフィスラブを「端的にいって時代遅れなのかもしれない」と片付けようとした。

職場における公私の分離は社会的な課題になっている。具体的には、長時間労働の是正、ハラスメント対策、性差別・マイノリティ差別の防止などが、少しずつではあれ進んできている。

これらの課題について日本のオフィス空間はあまりにも無頓着すぎた。その一種の裏返しとして、公私混同のオフィスラブ文化が発展したことは否めないだろう。それは現在にもまだべったりと残されている。

だが時代は確実に変わりつつある。オフィスラブが過去の残滓に過ぎないのであれば、もはや言うべきことはなにもないのではないか。オワコンじゃないか、というなげやりな気分に少しなっていた。

そんなとき、オフィスラブの現在地を描く本作を読んだ。決してそうじゃない、オフィスラブの行方をしっかり見据えろよ、と肩をガシッとつかまれたような気がした。

あらためて、オフィスラブってなんだろうか？

この気恥ずかしい問いへの答えも、適切な距離の取り方も、まだ見つけられていない。

私はオフィスラブ世代を親にもつ子どもとして、自分のルーツを探るように、もうしばらくこの問題に関わってみようと思い直した。

オフィスラブと「私」の物語

この本のもとになった連載の感想を聞いているとき、何度か同じ質問をされた。なぜ西口は、しばしば女性の主人公に着目し、ジェンダーやフェミニズムの論点に言及しているのか、と。

男性で、定職に就き、異性愛者であるあなたには、当事者性のない問題ではないか。もしかするとそんなニュアンスもあったのかもしれない。

私は確かに、女性の働き方や恋愛・結婚観、人生の選択に対して興味を持っている。小説を読むときも映画も観るときもそうだ。男のヒロイズムよりも、女性の登場人物たちが何を考え、何を求め、どう行動したかに感情移入する。

ただ、男でいると、ジェンダーやフェミニズムの視点から何かを語り、当事者として話を聞いてもらうには、何らかの自分語りが必要になる。最近そう感じる機会が増えた。

これは主語の問題だ。ことジェンダーの問題について語るとき、男である私が「私」のことをすっ飛ばして「私たち」と語りだしても、その「私たち」が何を指すのか相手にはよく伝わらない。

思えば、これまで私は何度も「私たち」という主語を使ってきた。

本書の最後は、小説作品を紹介するのではなく、この主語の問題に向き合ってみたい。以下は、これまで語り手だった「私」という人物についての少し長めの注釈である。

私は「1　なぜオフィスなのか？」でこう書いた。

考えてみれば、私の両親も一九七〇年代後半に職場で出会って交際し、半年後に結婚した。幼なじみKの両親も職場結婚だという。いまアラサーからアラフォー世代にあたる私たちは、七〇～八〇年代に出会いの主流となったオフィスラブによってこの世に生を受けた、いわば「オフィスラブ時代の子ども」なのである。

このオフィスラブの前史から始めたい。小さい頃から断片的に聞いてきた私の母親の物語だ。

私の母親は、一九五一年に福岡県の炭鉱の町で生まれた。兄と弟に挟まれた三人きょうだいの長女だった。

母の父（私の祖父）は地元で建築会社を営んでいて、家は中流階級の上のほうだった。母は勉強が好きで、運動神経のいい活発な女の子だった。

母の父は、当時の経済力のある男たちの例にもれず、ずっと「お妾さん」を囲っていた。半ば公然の事実だったのだろう。専業主婦だった母の母（私の祖母）はそのことにとても苦しんでいた。

「私の手に職があれば子どもを連れて離婚できたのに……」

多感な娘だった母の胸に、そんなメッセージが深く刻まれた。

母の一家は、母が小学校五年生のときに福岡市内に引っ越した。家業の跡継ぎを期待された長男を良い学校に進学させるためだった。

母の家には蔵書がそれなりにあった。九州という保守的な土地柄にしては、女の子が読書にふけっていても咎められない程度には自由に育てられた。

母は中学二年生の頃にボーヴォワールの『第二の性』を読み、フェミニストとしての最初の洗礼を受けた。高校は県内有数の進学校に進んだ。

その頃、ずっと病弱だった母の母が膠原病の一種の難病だと分かり、母は医者になりたいと思うようになる。

母は、高校三年のときに国立大学医学部の入試に落ち、浪人したいと両親に相談した。すると父親から「女の子が大学浪人なんてするもんじゃない」と強く反対された。

いま聞くと驚くが、半世紀前の当時、地方で娘を育てる親たちの多くが同じように考えたらしい。娘の成績が良いのは喜ばしいが、浪人してまで高い学歴を得てやりたい仕事に就くよりも、婚期を逃さずに幸せな結婚をしてほしい、と。

そうした考えの親をもつ母の世代の女性にとって、大学浪人は望んでも手に入らない、性差別ゆえに「贅沢」なものだった。

母は浪人と医学部進学を諦め、滑り止めに受けていた東京の文系私立女子大に進学する。でもここからが母らしい。女子大は肌に合わないと感じ、一年生の後期試験が終わるや二月から一ヵ月間猛勉強して、都内の文系国立大学に入り直した。すでに親元を離れて単身上京している身。二年目に大学を移ることについてもうまく言いくるめたのだろう。

母が大学を移ったのが一九七一年。

七一〜七二年は、学生運動が先鋭化し、一部で内ゲバがドロ沼化した時期にあたる。連合赤軍による「あさま山荘事件」は一九七二年だ。

同じ頃、国会には優生保護法改正案が提出される。これは「経済的理由」による中絶をできなくし、「出生前診断で判明した障害児」の中絶を可能にする条項を加える内容で、ウーマン・リブ運動を中心に幅広く反対運動が展開された。この時期から日本のフェミニズムは、参政権などを求める「第一波フェミニズム」の次の、「第二波フェミニズム」と呼ばれるフェーズに入った。

当時の女子学生の生活を描いた小説に、桐野夏生の「抱く女」(新潮社、二〇一五年)がある。舞台は一九七二年の東京・吉祥寺周辺。ジャズ喫茶でバイトを始めた主人公の直子は、自分が安心し納得できる居場所を社会のなかで探しながら、兄や男子同級生たちが未来のない学園紛争の暴力に飲み込まれていく様を見つめる。

母はちょうどその頃に吉祥寺に下宿していた。母の通っていた大学でも、過激派の学生が自治会の集会を襲い、釘を打ちつけた棒で母の先輩が殴られて大けがを負う事件があったそうだ。

母は吉祥寺の中華料理屋でバイトしながら、沖縄返還を求める国会デモなどに度々参加していたという。大学では中国語を専攻し、ワンゲル部で登山をして、同級生の恋人がいた。

大学卒業が近づき、母が最も重視したことは経済的な自立であり、女性が結婚後も働き続けられる仕事だった。「手に職があれば離婚できた」という自分の母親の無念を、ずっと忘れずにいたのだ。

最初の男女雇用機会均等法ができるのはまだ一〇年先。四年制大学を出た男女の間には厳然たる就職差別があり、女性には、将来にわたる雇用と収入が約束された就職口はほぼ無いも同然だった。

当時、文系の四大を出た女性が定年まで働ける仕事と言えば、公務員か教員、マスコミの記者職くらいだった、と子どもの頃に母から聞いたことがある。

母は大学卒業後、闘病中の母親と暮らすために一度福岡に帰る。そして三年後、再び上京して新聞記者の職に就いた。学生時代から付き合っていた恋人は大手メーカーに就職した。母は「転勤族」の妻として専業主婦の道を選ぶことができず、別れることを決めたようだ。


母は就職してから数年後に、社内の別部局にいた三歳上の私の父と付き合い始める。二人は資料の貸し借りを通して知り合った。

二人とも長時間労働でとにかく時間がなかったので、深夜営業をしている新宿の喫茶店で夜遅くに待ち合わせ、一緒にコーヒーを飲んで話すだけのデートを重ねた。

二人は付き合って半年後に結婚の誓いをする。その際、母は結婚の条件として「家計も家事も育児もすべて二人で協力して折半すること」を求めた。母にとっては絶対に譲れない条件だった。

父はそれを受け入れ、二人は結婚した。結婚してしばらくして私の兄が生まれ、三年後に次男の私が生まれた。一九八四年のことだ。

しかし育児が始まると、母が懸念していた通り、負担は彼女に集中した。

母は「話が違う」と思ったという。家計はきっちり折半なのに、なぜ家庭責任は平等に分け合えないのか。

三〇代後半になっていた父は、転勤こそなかったものの、海外との折衝を担当する部署で多忙をきわめ、毎日終電で帰ってくるような生活だった。その上、突然一ヵ月の海外出張を命じられることも珍しくなかった。

母も長時間労働の男性職場で、休みは日曜のみという過酷な労働環境だった。当時はまだ「ハラスメント」という概念もなかったが、職場でのいやがらせなどはあったかもしれない。

母は、保育ママ制度から公立保育園、隣近所のサポートをフル動員して、育児と仕事の両立を何とか乗り切っていた。保育園の閉園後は子どもを近所の方の家に連れて帰ってもらい、夜遅くに迎えに行く。毎日が綱渡りだったはずだ。

大人になったいま考えると、母が倒れずに育児を終えられたのは奇跡としか言いようがない。母はいまだに「当時お世話になった人たちには足を向けて寝られない」と言っている。

母はフェミニストだったが、テレビのなかのフェミニスト像とはだいぶ違っていた。記者という職業もあったのだろう。議論好きではなく、正義感は強いが怒りを露わにすることは少ない、いつも人の話を静かに聞いているタイプの人だ。

そんな母が求める人生のモデルは、おそらく最初から明確だった。

自分の意思が人として尊重されること。

女性であるという理由で差別されないこと。

世の中を良くするための仕事をすること。

仕事を続けて収入を確保し、対等な関係のパートナーと家族を築くこと。

そして、いつでも離婚できる状態にしておくこと。

母は希望するほとんどを手に入れたが、真に対等な夫婦関係だけは思い通りにいかなかった。大人になってから出会うしかない「配偶者」という他者をコントロールすることは難しかった。

それでも、団塊の世代の男にしては、父は家のこともそれなりにやったし、母の考えに理解のある数少ない男性だったはずだ。だから二人は四〇年以上夫婦関係を続けられたのだろう。

今回あらためて母に『第二の性』を読んだ年齢を訊いたとき、隣にいた父は「ぼくは中一で読んだよ」と口を挟んでいた。私にとっては父の人生のほうが謎が多い。

これは私が勝手に思っていることだが、母は彼女の人生で思い通りにいかなかった部分を子育てに託していた。自分が産んだ二人の男の子を真に自立した男性に育てることで、母の母から受け継いだ課題を、次の世代に引き継がせようとした。

子どもに早いうちから家事を手伝わせ、料理をすれば褒め、特に性差別的な発言は見逃さず、「家のことは女がやってくれる」という観念を持たないように育てた。そして、自分自身の人生の話を聞かせた。

私は誰より母を尊敬していたので、そんなメッセージをしっかりと受けとって育った。ただ、二〇〇七年に大学を出て就職するまで、自分が母の人生からそれほど深く影響を受けているとは気づいていなかった。

私が最初に就職したのは、主にテレビ局から番組制作を受注する制作会社だった。従業員三〇〇人以上の業界では大きな会社で、誰もが知っている長寿番組から映画制作までを幅広く手がけていた。大学生のときにインターンで入った映画の現場が面白く、映像制作を仕事として学びたいと思って入社した。その会社には五年間いた。

私は学生の頃、好きなことを仕事にすることが一番重要だと思っていた。それゆえ働き方は二の次で、本質的な問題ではないと考えていた。

入社前から分かっていたことだが、テレビの制作現場には「勤務時間」という概念がなかった。編集作業に入ると一〜二週間ろくに家に帰れず泊まりこむこともザラだ。

家に帰っていても、いつ急な連絡が入るか分からない。

二ヵ月以上、一日も休むことなく働いていると、休日の過ごし方が分からなくなる。久々の休みは嬉しさよりも戸惑いのほうが大きかった。

私はその働き方を「合宿状態」と呼んでいた。スタッフは、寝食をともにしつつ寝食を忘れて仕事をするので、四六時中一緒にいる。すると公私もへったくれもない関係になる。仕事とプライベートの区別がつかない職場では、社内恋愛、社内結婚、社内不倫が常態化する。打ち合わせ場所、ロケ先、編集室など至るところに密室があった。会社の役員や有名なプロデューサー・ディレクターが新人の女性社員に手を出しているという噂を幾度となく聞いた。ハラスメント体質の人が多く、中傷と暴言、暴力も絶えなかった。

私は最初の就職でオフィスラブの魔窟のようなところに飛び込んだわけである。

その頃、私も同期の女の子と付き合っていた。

日付が変わってから職場を出て、タクシーで彼女の家に向かう。お酒を飲んでその日にあったことを話して、一緒に眠った。当時、二ヵ月に一度は二週間程度の海外ロケが入っていて、会える時間は限られていたから、オフのときはほとんど一緒にいた。

だんだん仕事に慣れ、番組制作の面白さが分かってきた頃、将来について考え始めた。仕事を続け、そのうち結婚をして、運が良ければ子を授かるかもしれない。このままいけばそれが順当だろう。上司の収入を知っていたので、経済的な面は心配していなかった。ただ、職場の男たちを見ていると、家族のために時間を使える働き方でないことは明らかだった。

当時付き合っていた彼女は「男は外で稼いで家族を守るものだよ」と私に言っていた。それは、彼女が自分の両親を見て受け継いだ性別役割モデルだったが、全然ピンとこなかった。

これで良かったんだっけ……？　靄のような疑問や不安が、身体のどこかから湧いてきた。

当時の先輩・上司だったテレビ業界の男たちは、仕事で激しく鍛えられていることもあって、話していても魅力的な人が多かった。モテるしお金もあるから、異性関係が派手だった。

ただ、成功者でマジョリティである彼らと話していると、根っこのどこかに「損している」という感覚があるように感じた。

「損している」と感じているから、それを取り返そうとして、過剰に仕事に依存したり、とっかえひっかえ若い子に手を出したりする。そうして自分の家族との距離をさらに広げ、「損している」という感覚を深めていく。羨望を集める社会的地位にいる男たちが、どうしてそんなことになるのかが不思議だった。

女性社員にすぐ手を出すことで知られる、自分の父親くらいの歳のプロデューサーが、あるとき私にこんな話をした。

「おれはこんなに家族のために頑張って働いてきたのに、家族は分かってくれなかった」。

その言葉を聞いたときに、やっぱりそうなんだ、と思った。彼らは傍からは強者のように見えるが、どこか取り返しのつかない虚しさを抱えている。それは、仕事とジェンダーと社会との関わりから生じる構造的な虚無感であり、「損している」感覚だと思った。

私は、本当にこういう人生を送りたいのだろうか？

男というジェンダーについて、私が当事者として真剣に考え始めたのはそれからだ。そのときに初めて、自分の人生に対して決定的な選択を迫られたのだと思う。

以降、日本の労働環境の歪みと、それに大きく影響を受ける家族や社会のあり方について勉強するようになった。そして母親の人生の物語がどれほど自分の考え方に影響を与えているかを自覚した。

私は二〇一二年、二七歳で労働団体のスタッフという畑違いの業界に転職した。現在は微力ながら、誰もが人として尊重され、幸せに働き続けられる職場環境や働くルールをつくるために仕事をしているつもりだ。

現実を知れば知るほど、目指す道のりの遠さに茫然とするけれども。

私は、そんな地点からこの本を書き始めた。

七五三で着飾る母（中央）とその両親・兄

あとがき――夢から仕事へ、仕事から労働へ、労働からまた夢へ

色川武大（一九二九－一九八九）の小説にこんな場面がある。

第二次世界大戦末期、東京で国民学校初等科（現在の小学校の年齢にあたる）に通っていた主人公が、空襲を逃れるため学童疎開で山梨に送られる。その疎開先で、大人から「将来なりたいもの」を尋ねられる。

> 自分たちを預かってくれていた山寺の和尚さんが、ある日、君たちは大人になったら、何になりたいか、といった。それはあきらかに、答が定まっていて、それにリアリティを加えるために、ヴァリエーションを工夫するというていのものだった。自分でもやや意外だったが、何の答も浮かばなかった。無理に答えるとすれば、自分はもう、なれるだけの者になってしまいました、というふうなものだった。
>
> （色川武大『狂人日記』講談社文芸文庫、三四頁）

当時の戦況を考えれば、親元をはなれて都会から疎開した子どもたちにあらかじめ「定まってい」た答えとは、「お国」のために役に立つ何かだ。もっと直接的に言えば、祖国のために死ぬ覚悟。そうした気概を示す言葉がその場での模範解答だったのだろう。

彼らには、成人する前に戦争で命を落としている未来が現実感をともなって目の前にあった。しかも、それを「将来の夢」として自らの口で語るよう求められた。だが、主人公の少年の心に浮かんだ言葉は、「自分はもう、なれるだけの者になってしまいました」というものだった。

この小説を初めて読んだのは、色川作品を夢中になって読んでいた大学生の頃だ。「自分はもう、なれるだけの者になってしまいました」という語り手の少年の言葉をいまも時どきお守りのように思い出す。

私は、「子ども」として半人前扱いされることが何よりも嫌いな子どもだった。「子どもなんだから」とか「子どものくせに」といった定型句を聞くと頭に血が上り、つばをとばして反論した。三歳上の兄とお年玉の額が違うといって怒り、電車の切符に「小人」と印字されることにすら「『小さい人』って、ナメてんのか！」とキレていた。

人生でまだ経験していない出来事がたくさんあり、知らない知識ばかりで、一人ではできないことや行けない場所が多く、社会のなかで何者でもなくただの「子ども」であること。それらが事実でも、私はすべての大人とまったく対等だと思っていた。「子ども」だという理由で何かを引いたり足したりされた大人の接し方が苦手だった。

その反面、私は自分の将来を想像するのが好きな子どもだった。いつか「大人」と呼ばれる年齢になったとき、自分はどんな人間になり、何の仕事をしているのだろう。小学生の頃、飼っていた犬と夜の住宅街を散歩しながら、これから待っているはずの長い時間に思いをめぐらせた。

自分の将来を想像するのが好きだったのは、いまとは違う何者かになれるという、ある種の変身願望でもあったと思う。そういう意味では、「子ども」としての私のアイデンティティはやや引き裂かれていた。大人が私の未成熟さを理由に一人前の人格として扱わないことには激しく抗議しながら、自分がこれから成長して何者かになるはずだということは信じて疑わず、素直に楽しみにしていた。

自分がいつか就く仕事が、不自由で力のない子どもである私を別の場所へ連れていってくれる。でも、その仕事が何なのかはまだ決まっていない。それが不思議だった。想くんの夢はなに？　大人になったら何になっていると思う？　そう明るく問いかけられる「夢」とは、眠りながら見る「夢」と同じ言葉だ。形も重さもあやふやな、嗅いだことのない匂いのする世界の予感のようなもの。私は将来を想像することに半ば中毒していたと思う。

私が将来なりたいものは目まぐるしく変わっていった。

しかしいつまでも夢に耽溺できるわけもない。長年の夢想を現実的な職業に着地させるべく就職活動を始めた頃には、「夢」や「仕事」に対する考えは子ども時代とはかなり変わっていた。

子どもの頃は、当然のように、大人になった自分が何かの（それも社会的な意義のある）仕事をしていると思っていた。共働きの両親が互いの仕事に敬意を払いながら、ときに励ましながら暮らしているのを見ていたので、私は「職業なしの人生」についてはほとんど想像もせずに育っていた。

大学に入って自分で本を読んだり映画を観たり、出会った人たちと話したりしているうちに、それは決して「当然」ではないと気づいた。働きたくても事情があって働けない、一つの仕事を続けられない、働いていても仕事に誇りなど持てない、働きたくない、働く気力も湧かない、そういう人も、そういう人生もたくさんある。そもそも「仕事」とは何なのか。目に見える、誰かから評価してもらえる成果を残すことが仕事なのか？　お金を稼げなければ仕事とは言えないのか？　そう単純なものではないと考えるようになった。

その頃、精神科医・斎藤環の著作で紹介されていた「謝れ職業人」という詩にも衝撃を受けた。

「ああ、今日も会社に泊まりこみで仕事だよ」
と
疲れた声で言う
職業人は
謝れ
全ての「だめなヤツ」に
細い声で
謝れ
「ああ、忙しい忙しい」
と
朝早く出てゆくひと
乗り換えの駅で朝食をかっこみ
後続列車に乗ってゆく
職業人は
謝れ
手をついて

謝れ
「俺はやっとやりがいを見つけた」
なら
謝れ
仕事にきちんと就くことは罪なのだから
それをきちんと謝罪せよ

（中略）

あなたがそうやって一生懸命生きる事で壊してきた
そしてそうやって一生懸命働くことで壊している
すべてのダメなもの弱いものアホなもの
恥ずかしいもの腐ったもの古くなったもの
に
謝罪せよ
あなたが彼らの年金を払ってやることに対して
謝れ
あなたが彼らの医療費をまかなうことに

謝れ
あなたが彼らを保護しいたわり慰めることに
謝れ
3月15日くもり
自分がたまたま頑丈であり
毎朝おはようと笑って出かける
そのことに
ごめんな
さい

（松岡宮「謝れ職業人」）（注5）

時代も文脈も異なるが、就職活動を前にした当時の私のなかでは、「謝れ職業人」と「狂人日記」の先の一節は響き合っていた。もしかすると、「仕事を通じて何者かになる」という私の夢想は、前提自体が間違っていたのかもしれない。その前提を疑わないまま、「自分がたまたま頑丈であ」るがゆえ、職業によって新しいアイデンティティを形成して何者かになったと実感できたとする。その時、子

注5
「謝れ職業人」は、はじめ電子掲示板「2ちゃんねる」に匿名で投稿され、斎藤環『家族の痕跡』（筑摩書房）のほか同氏のブログなどで引用・紹介されたあと、作者が詩人の松岡宮であることが分かった。

どもの頃に最も嫌っていた、子どもを対等に見ない「大人」になってしまっている可能性は十分にあると思った。

仕事を始めて自分で自分の身を養うようにならなくても、私は小さい頃から「なれるだけの者になって」いたのではないか。では、「仕事」とは何のためにあるのだろう？　なぜ世の大人たちは毎日仕事ばかりして人生を終えるのか？

大学四年の頃のある日、いつものようにキャンパス内にあるベンチに座って、コーヒーを片手に本を開いてぼんやりしていた。秋から冬にかわる頃で、曇っていて少し肌寒い日だった。近くの喫煙所では、学生や教員が立ち話をしながら煙草を吸っていた。すっかり見慣れた光景を眺めていて、ふと重要なことに気づいた気がした。

私たちはみな、自分の人生の時間を持て余しているのかもしれない。

人生には埋めるべき時間が多すぎる。何かをするよりも、何もせずに一生を終えるほうがはるかに難しい。私たちは望むと望まざるとにかかわらず、膨大な人生の時間を細切れの用事や習慣で埋めなければならない。その大変な作業に汲々としている。

学校で勉強する。目的地を決めて移動する。家事をする。お茶やコーヒーを飲む。ご飯を食べる。本を読む。世間話をする。煙草を吸う。電話をかける。手紙やメールを書く。お酒を飲む。音楽を聞く。映画を観る。たまに恋をする。毎日眠る。起きてまた出かける。

こんなにいろいろなタスクや楽しみを用意しても、人生の時間は埋まりきらない。私たちは「何にもしないで生きていらんねえ」（ＥＣＤ）から、また今日明日は何をしようかと考える。

人生とは、誰もが途方に暮れる巨大なジグソーパズルのようなものではないか。「仕事」はそれをガツンと一気に埋めてくれる、唯一にして最大のピースだ。その一片さえ心地良く納得のいく形にすることができれば、他の小さなピースを必死になって集め続けなくても大丈夫。だから多くの人にとって「仕事」は特別で、大切なのかもしれない。そう思った。

この「仕事」観は、いかにも大学生らしくフワフワと浮ついているように思われるかもしれない。何よりこのイメージには「食べていくために否応なくせざるを得ないもの」という「労働」のシリアスさが薄い。

ちなみに私は、就職するまでの二〇年以上を生家で暮らし、その間は外で稼がなくとも衣食住が保障されていた。子どもとして手厚い保護を受け、将来少しでも良い職に就くための準備期間《モラトリアム》をたっぷり与えられた。

でも、だからといって食べていく必要や「労働」としての仕事について考えていなかったわけではない。むしろ、長く保護されている人ほど一人で労働市場に投げ出されるときをきりきりと想像して不安になるもので、私も例外ではなかった。

私が大学に入った二〇〇三年はいわゆる「就職氷河期」の終わりかけの頃だった。失われた十年、非正規雇用と格差の拡大、ポストフォーディズム、新自由主義、日本型福祉国家の崩壊、フリーター論争、ロスジェネ論壇、その裏に顔を出すナショナリズムや右傾化。当時叫ばれていた社会問題はどれも「労働」の変質・変容に深く関わるものだった。

そういう時代の空気を吸って、幼少期からの「仕事」への関心は、次第に「労働」への興味にスライドしていった。「労働」や「労働者」というのはどこか古めかしいモノクロの言葉だ。子どもだった私は毎日働きに出る親や顔を合わせる学校の先生を「労働者」として見てはいなかったが、彼らは紛れもない「労働者」だった。

これも大学生の頃。夕方に大学の近くにあるモスバーガーで時間を潰していると、隣のテーブルに作業着姿の疲れきった感じの男性二人組が座った。二人とも四〇代くらいだったろうか。ともに肉体労働をする人らしく、日焼けなのか仕事の汚れなのか全体に黒くて皺の深い顔だった。

彼らはしばらく仕事の話をボソッボソッと話していて、そのうち一人がこんなことを言った。

「学校に行ってた頃はさ、テストで良い点をとるとか、スポーツで良い成績を残すとかで周りが褒めてくれただろ？『こうすれば褒められるはず』ってラインがなんとなく分かってた。でもいまはそんなものは無い。頑張って働いていても、どうすれば評価されるのか分からない。誰も褒めてくれない。それって不思議じゃないか？　いつからそうなったんだろう……」

いま思えば、彼らは仕事のあと少し飲んでから、酔い覚ましにモスバーガーに入ってきたのかもしれない。それくらい、疲れか酔いか、堆積した重さを含んだ声だった。

私はただ興味深く聞き耳を立てていた。その場でこっそりと取ったメモは無くしてしまったから、ここに書いた言葉は一字一句正確ではない。だけど、それまでの読書やバイト経験よりもずっと深く、二人の存在感と言葉が「労働」の手触りとして残った。それは「労働者A」と「労働者B」が会話する演劇の舞台のようだった。労働という世界は、言葉のイメージの通りに、重く辛く苦しいものであるようだ。と同時に、なんだか奇妙でシュールなものでもあるように感じた。彼らは労働者そのものだったが、どこか俳優じみていた。

私は幸運にも「就職氷河期」から「売り手市場」にかわった頃に就職活動をはじめた。それでもほとんどの採用試験には落ちたが、入りたかった会社から内定をもらえた。初めての就職先の話は最後の章で書いたとおりだ。

就職して私は「職業人」になり、「労働者」になった。はじめの数ヶ月は毎日辞めたいと思いながら会社へ通った。そのうち慣れてきて、社内に恋人ができた。少しずつ余裕ができると、会社という組織のなかのヒエラルキーや差別構造、それに順応し再生産するようになる社員の心のありようなどが見えてきた。どこよりも自由で自律的でフラットな組織だと思っていたが、非正規率が六割を超えるその会社も日本の労働社会の縮図だった。

五年働いたあと転職し、労働団体のスタッフとして働き始めた。すぐに思ったのは、新しい仕事は「労働について考える労働」だということだった。政治的な動きにも対応しながら、この社会で働く人々の「労働者」としての利益を考え、代弁して交渉したり、広く社会に訴える（業界ではこれらを総称して「労働運動」あるいは「運動」と呼ぶ）。自分がそんな仕事をするようになるなんて思ってもいなかったが、個人的にずっと持ち続けてきた「働くとは何か」という関心を探究することができる仕事だった。

転職して数年が経ったある日、「オフィスラブ」をテーマにウェブ上で連載しませんか、という変わった依頼をもらった。

依頼をくれたウェブメディア「マネたま」の編集者と相談して、本屋で入手しやすい小説作品を紹介・解説しながら、日本のオフィスラブ模様とその時代や変遷について考えていくことにした。恋愛と家族、労働が交差する問題だから、いまの仕事とも関わってきっと面白いだろうという予感がした。とはいえ、実際に連載をする段になると、書店には「恋愛小説」のコーナーはあっても「オフィスラブ小説」の棚はなく(当然だけど)、オフィスラブが出てくる小説を思い出したり、文庫棚から必死に探しあてたりするところから始めた。

そうして「マネたま」で二〇一七年から一八年にかけて続けた連載「オフィスラブ小説論」が本書の元になっている。その連載を堀之内出版が面白がってくれて、思いがけず出版の話をいただいた。信頼する友人たちが評価し応援してくれたことに背中を押され、彼らの協力を得ながら加筆・修正をして一冊にまとめ直した。

「オフィスラブ」という出来事を通じて私が知りたかったのは、結局、他者の人生であると思う。

どんな仕事をして何者になるかという子ども時代の「夢」から、人生にとって「仕事」

とは何かという疑問へ、就職してからは自分と周囲の人たちの毎日の「労働」へと、私の関心は少しずつ外に広がっていった。人々はどんなふうに働き、生活し、恋愛をし、仕事と人生に折り合いをつけているのだろう。そして、私自身、その社会のなかでどんな人生を築いていくのか。

この本で取りあげたオフィスラブの物語を味わっているうち、私は、大人の「労働」のなかにも様々な形の「夢」が混じりあっていると思うようになった。

私たちは自分や家族のために毎日せっせと働きながらも、同時に、社会のなかで小さな存在である自分がいつか出会うかもしれない特別な仕事や特別な誰かを夢見ている。それは子どもの頃に将来の自分を想像して見ていた「夢」が、大人になって少し形を変えたものなのかもしれない。

西口想

にしぐちそう

1984年東京都生まれ。早稲田大学第一文学部を卒業後、テレビ番組制作会社勤務を経て、現在は労働団体職員。

POSSE叢書　Vol.004

なぜオフィスでラブなのか

So Nishiguchi, *Why is there romance in the office?*
Essay on Workplace Romance Novels

POSSE 叢書 004

2019年2月10日　第一刷発行　　2019年5月30日　第二刷発行

［発行］　株式会社 堀之内出版
〒192-0355 東京都八王子市堀之内3-10-12
フォーリア23 206号室
TEL 042-670-5063
FAX 042-680-9319

Horinouchi publishing co., LTD
Foria23-206 3-10-12 Horinouchi Hachioji-city
Tokyo, Japan
mail info@horinouchi-shuppan.com

［印刷製本］　株式会社シナノパブリッシングプレス
［ブックデザイン］　末吉亮（図工ファイブ）
［カバーイラスト］　大庫真理

ISBN 978-4-906708-99-4 C0095

POSSE叢書のご案内

POSSE叢書　Vol.001

稲葉剛
『貧困の現場から社会を変える』

2016年9月発行　176頁
978-4-906708-61-1
本体価格 1800円

POSSE叢書　Vol.002

大内裕和・今野晴貴
『ブラックバイト 増補版 体育会系経済が日本を滅ぼす』

2017年3月発行　316頁
978-4-906708-73-4
本体価格 1800円

POSSE叢書　Vol.003

河野真太郎
『戦う姫、働く少女』

2017年7月発行　240頁
978-4-906708-98-7
本体価格 1800円